辺境都市の育成者
ハル
辺境都市の廃教会に住む青年。実態は大陸に名が響く弟子たちを育てた【育成者】
辺境都市の育成者
The mentor in a frontier city
【星落の魔女】
ラヴィーナ
ハルの最古参の教え子の一人。約定を破った帝国にその力を振るおうとする。
星落の魔女
The starfell witch
4

「私が、請ける、と言うからよっ――！！！！！」
タバサ
【舞姫】
【盟約の桜花】団長
サクラ
有名クランの団長にして、次世代の【十傑】候補。ハルからもらったリボンを大事に仕舞っている。
クラン【盟約の桜花】

【閃華】
メル
【盟約の桜花】副長を務めるハーフエルフの美女。鋼魔法を操る魔剣士。
「……サクラ、声が大きいです」
ニーナ
ロス

「にゃんこレベッカ、
かまってほしいからって五月蠅い」
謎多きギルド職員
エルミア
ギルド職員をしているが、実はハルの弟子の最古参。

姉妹弟子の夜
「なっ！　そ、そんなうるさくしてないでしょう⁉」
【雷姫】
レベッカ
育成者の指導を受け、才能を花開かせた冒険者の少女。ハルの『剣』となるため彼に付き従う。

上空の魔女がほんの軽く、左手を振った。
――周囲に七つの魔法陣。
炎・水・土・風・雷・光・闇の球体へと変化し、
数百に分かれていく。
対してハルも魔杖を掲げ――
同種同数の上級魔法を超高速発動。
数百発の魔法群が中空で大激突！
育成者VS最強の弟子

「私の名はアザミ。

昨今では【東の魔女】と呼ばれております」

【東の魔女】

アザミ
ハルとエルミアだけを敬う、教え子の少女。滅亡した極東の名家の生き残りで、植物を操る。

辺境都市の育成者4
星落の魔女

七野りく

ファンタジア文庫

3114

口絵・本文イラスト　福きつね

CONTENTS

辺境都市の育成者

4

星落の魔女

The starfell witch

CHARACTER

〈登場人物紹介〉

ハル

【辺境都市の育成者】。黒髪眼鏡の謎の青年。

レベッカ・アルヴァーン

【雷姫】。ハルの教え子で彼を慕う。

タチアナ・ウェインライト

【薔薇の庭園】副長。異名は【不倒】。

エルミア

ハルの傍にいる白髪メイド服少女。最古参の教え子の一人。

タバサ・シキ

十大財閥の一角【宝玉】の跡取り娘。快活な性格。

ニーナ

タバサ付メイドでハルから菓子作りを習っているハーフエルフ。

メル

大陸に武名を轟かす【盟約の桜花】副長。【閃華】の異名を持つ。

ラヴィーナ・エーテルハート

【星落】の魔女。最古参の教え子の一人。

ユグルト、ユマ

世界とハルに復讐しようとしている謎の黒外套達。

春夏《あきなし》冬秋《あき》

世界を救った【勇者】。故人

プロローグ　極東　秋津洲皇国《あきつしまこうこく》西府郊外

「せぇいっ！」
「！」

振り下ろした我が愛刀【蟒蛇兼光《うわばみかねみつ》】の一撃を、黒外套《がいとう》を纏《まと》った男は驚きながらも両手の双小剣で受け流し、後退した。

中々に面白い。

【大剣豪《だいけんごう》】の七子である私――八幡小七郎義景《はちまんこしちろうよしかげ》とここまで渡り合う異国の剣士。

このような相手と死合うは七年前、『六波羅《ろくはら》』と戦った龍乃原《たつのはら》の戦以来か……。

秋津洲皇国西府郊外。

国内において最も古き神社である葦原宮《あしはら》へと続く参道は、今宵《こよい》戦場と化していた。

百年以上続いた戦乱は、長き歴史を誇るこの宮すらも荒廃させた。山門は朽ちかけ、灯《とう》籠《ろう》や石畳にも罅《ひび》が入っている。本殿以外は修繕する余裕がないのだろう。

周囲には笹竜胆《ささりんどう》を模した『八幡《はちまん》』の軍旗。

篝火《かがりび》の下には、物々しい兜《かぶと》と大鎧《おおよろい》を纏った多くの侍の姿。

既に大太刀を引き抜き、長槍《ながやり》を構え、魔式を用意している。

これならば、少なくとも黒外套の賊を逃すことはあるまい。

愛刀を正眼《せいがん》に構え直しつつ、問う。

「貴殿、何者なのだ？　その技量、単なる賊ではあるまい？　【大剣豪】八幡小太郎義光《はちまんこたろうよしみつ》が七子――八幡小七郎義景だ」

「教える義理はなし。……が、一騎打ちで名乗られたからには返すとしよう。かつて世界を救いし大英雄【全知《ぜんち》】が子、ユサルだ。見知りおけっ！」

「⁉【全知】の子、だとっ！」

二百年前に世界を滅ぼしかけた大罪人の子が、何故《なぜ》――驚いている間にも、黒外套が振るった双小剣の剣身が伸び、まるで蛇のように襲い掛かってくる。

目を閉じ――一族に伝来せし固有技【明鏡止水《めいきょうしすい》】を発動。

心が澄み渡り、時の流れが一瞬遅延。

踏み込み、変則斬撃の始動部分を叩《たた》き、距離を殺す。

上段に振り下ろし――凄《すさ》まじい金属音と魔力の激突。

愛刀と元の長さに戻った双短剣を挟み、賊と視線が交錯。

「噂《うわさ》に聞く、【明鏡止水】というやつかっ！」

「【全知】の子にしては若いなっ！　我が故国で、いったい何を企《たくら》んでいるのだっ！」

「っ！」

押し切り、後退を強いる。膂力《りょりょく》では私が上のようだ。

今宵、私がこの宮にいるのは、天下人である父の厳命によるものだった。

『儂《わし》のかつての盟友、今は遥《はる》か西方の一都市で【育成者】なぞと嘯《うそぶ》くハルから、数年ぶりに文《ふみ》が来た。【魔神】復活を目論《もくろ》む者が大陸で暗躍しておるそうじゃ。我が秋津洲に関係するとは思えぬが、【万鬼夜行《ばんきやこう》】討伐と、【弓削《ゆげの》】の件で大きな借りがある奴《やつ》の忠告ともなれば……聞かぬわけにもいかぬ。ただし、無茶はするでないぞ』

齢《よわい》八十に届こうとしている老父の命は絶対。

私を含め一族郎党が動員され――黒外套が忌々《いまいま》しそうに呻《うめ》いた。

「……宮に伝わる御神体を渡してくれれば良いのだ。さすれば、すぐにでも出ていこう」

やはり若い声だ。二十歳を少し超えた程度か。

愛刀を正眼に構え直しながら返答する。

「それは無理な話だ。ここ数ヶ月、各地の古い宮を襲っていたのは貴殿だな？　しかし、何も捕らず、殺しもしない。何故《なにゆえ》だ？」

これだけの技量。人を害する気になれば出来ただろう。

「無駄な殺生《せっしょう》に意味などあるまい？　興味があるのは《遺灰》のみ。《欠片《かけら》》はこの国にはないだろうからな」

私は眉を顰《ひそ》める。

後方で長槍を構える、齢七十を超えた総白髪な香取《かとり》の爺《じい》へ目配せ。

微《かす》かに首を振った。碩学《せきがく》の徒たる爺も知らぬか。

「……《遺灰》と《欠片》だと？　何のことだ？　よもや、本当に【魔神】と関係しているとでもいうのか？　貴殿、正気か？　あれらは御伽噺《おとぎばなし》だろうに」

くぐもった笑い声。男の唇が歪《ゆが》み、嘲ってくる。

「――……貴殿らには到底分からぬこと。極東の地で、数百年に亘《わた》り内輪で争い、ただただ微睡《まどろ》んでいただけの貴殿らにはな」

「言ってくれる。仔細《しさい》は分からぬ。が――その首は貰《もら》い受ける！」

「出来るものなら！」

瞬時に加速。

間合いがなくなり、神速の横薙《よこな》ぎ。

衝撃で石畳の罅が広がっていく中、黒外套は大太刀の一撃を左手の小剣で受けると、その反動で一回転。上段から右の小剣を振り下ろしてきた。

「ぬっ！」

腰に差してあった脇差を引き抜き、防御。

「流石《さすが》は【大剣豪】の息子！　だがっ、これはどうするっ‼」

黒外套は距離を取り、小剣の切っ先から百近い火球を速射。魔式も使うか！

――だが。

「甘いっ！」「⁉」

大太刀を振るい多くを喰《く》らわせ、残った火球も大鎧『避来矢』の干渉結界で無効化。

「我が愛刀は攻撃魔式を喰らい、我が愛鎧は父がかつて纏い、堕《お》ちた神の一撃すらも防いだ名物。生中な攻撃式は効かぬよ」

「……の、ようだな。父の夜話通り侍は厄介極《きわ》まる。別の方法を取るとしよう」

黒外套は小剣を交差させ――突如、紫色の霧が発生。周囲を包み込んだ。

咄嗟《とっさ》に警告を発する。

「毒だ！　注意せよ‼」

「防御魔陣、構えぃ！」『応っ！』

爺の下令を受け兵達は次々と防御魔式を発動。毒霧を抑え込みにかかる。

我自身も魔法障壁を強めながら、【蟒蛇兼光】を構え、大上段から振り下ろす。

轟音《ごうおん》と共に毒霧が晴れると、そこに奴の姿はなかった。


「逃げたか？　いや――……しまった！　本殿に乗り込む気かっ。皆、急げ！　あの者は、我等と最後まで殺《や》り合う気はないぞ！」

ユサル

苔《こけ》むし、罅割れた参道を私は駆けに駆ける。

父――世界を救いし【六英雄】が一人、【全知】から習いし『渡影《とえい》』は使わない。

あれは、移動術として極めて優れているが、侍達相手には隙が大き過ぎる。

……本来であれば、武人として義景と決着をつけたいところだった。

大陸最強の【十傑《じっけつ》】の一角――堕神すらも斬ったと謳《うた》われる、【大剣豪】に列《つら》なる者と一対一など、まず望めない僥倖《ぎょうこう》なのだ。

しかし、それは大事の前の小事。

長兄ユラトに言われた通り、今は《女神の遺灰》の回収を優先せねば……。

大陸の超大国、凱《がい》帝国で欠片と遺灰の探索を行っている妹の報《しら》せによれば、《遺灰》の多くは、この二百年の間に邪悪極まる女神教によって回収されてしまっているようだ。

未《いま》だ手つかずで残っているのは、凱《がい》帝国と秋津洲のもののみ。

しかも……ロートリンゲン帝国と女神教が裏で手を組んだとの情報もある。

我等兄妹《きょうだい》の大望——慈愛深き父を貶《おとし》めたこの世界と、父を害し今は『ハル』なぞと名乗っているらしい『黒禍《こっか》』への復讐《ふくしゅう》を果たす為《ため》、遺灰は何があろうとも持ち帰らねば。

侍達は参道を固めておりそこを突破すれば、警護の兵は僅かの筈《はず》。

義景に追いつかれる前に遺灰を回収。

闇に乗じて退避し、国外へ脱出を——拝殿入り口の門が見えて来た。

長き戦乱で得た知恵なのだろう。宮というより城砦《じょうさい》のように土壁が高い。

閉じた門の脇には、無数の篝火が焚《た》かれているものの警護の侍達の姿は見えず。

魔力からして、本殿内にいるようではあるが……薄気味悪い。

「罠《わな》……か？　いや」

一瞬、奇異に思うが打ち消す。

既に後方からは、濃密な殺気と魔力を撒《ま》き散《ち》らしながら義景と侍達が猛全と追って来ている。猶予はそれ程あるまい。

罠だろうと関係無しっ！　私は大英雄【全知】の息子ユサルなのだ！

どのような事態にも対応出来るよう複数の魔法を準備し、土壁へ跳躍。

本殿内に突入しようとし――


「⁉」

眼下に広がる光景が信じられず、門の中程で立《た》ち竦《すく》む。

な、何なのだ、これは……⁉

参道の石が砕ける音。後方に義景の気配。

「そんな所で立ち止まり、待っていてくれるとは……殊勝な心がけだ。先程の勝負の続きをするとしよう！」

ゆっくりと振り向く。その姓に恥じぬ技量の侍は門の前で私に刀を突きつけていた。

自分の顔が強張《こわば》っているのを自覚する。

「……問うが。貴殿らは、いったい何をしたのだ？」

「質問の意味が分からぬが？」

義景が怪訝《けげん》な顔になる。

後方からは無数の松明《たいまつ》。侍達だろう。

「……見てみろ」

「何？」

「門を開け、中を見よ！」

一喝し、侍を促す。

訝《いぶか》し気な義景は構えていた大太刀を引き、門を両手で押し開いた。


――そこに広がっていたのは地獄だった。


警護をしていた数十名の侍達と神官達の腕や足、内臓が白砂や社殿を緋《ひ》に染め、この惨劇を作り出したと思われる刀や槍《やり》を持った無数の白骨の兵が蠢《うごめ》き、魔力を喰らっている。

義景が絶句し、狼狽《うろた》えた。

「こ、これは、いったい何なのだ！　し、しかも、我等に感知すらさせずに、妖魔の群れを召喚していただと⁉」

「…………」

私は双短剣を振るい、靄《もや》のように漂っている魔力の糸を断ち切る。

薄気味悪さが消失。

本殿一帯に、魔力感知を鈍らせる遮断結界が張り巡らされていたのだ。

……私と侍達に気付かせぬとは、信じ難《がた》い手練《てだ》れ。

自分を落ち着かせながら、口を開く。

「貴殿らの策ではないというのなら、誰が——」

「「！」」

気付いたのは同時だった。


——何かがいる。


肌が粟立《あわだ》ち、本能が『今すぐ、逃げろ！』と最大級の警告を発している。

私達はゆっくりと視線を本殿へと向けた。

血で染まった廊下に佇《たたず》む細く長い銀髪の女。左目は前髪に隠れている。

裾を引き摺《ひず》っている漆黒の民族衣装。

右手には禍々《まがまが》しい黒翠《こくすい》の魔力を放つ宝珠と、指間には小瓶。

中身は《女神の遺灰》……か？

女が私達を見た。金色をした蛇の瞳。

「「っ！？！！」」

膝が折れそうになるのを必死に堪え、歯を食い縛る。

義景が言葉を震わせながら、零《こぼ》した。

「……【万鬼夜行《ばんきやこう》】だっ。先の龍乃原に到《いた》る前哨戦《ぜんしょうせん》で父や兄と戦い、死んだと思っていたが、生きていたとは……」

大陸最強称号である【十傑】に列なる者は少しずつ入れ替わっていく。

その中で、百年以上不動の存在は三名。

【神剣《しんけん》】【星落《せいらく》】……そして、【万鬼夜行】。

人だった頃の名前は伝わっておらず、一説では千年の時を生きているという恐るべき妖魔の女王。

手に持っている宝珠は女神が人へ下賜《かし》し、極東最高の演算宝珠と名高い【白夜道程《びゃくやどうてい》】であろう。

壁下から老侍の声。

「若！　如何《いかが》されましたか？　そ奴《やつ》と決着を――」

「爺、皆と共に退《ひ》けっ‼　そして、急ぎ父上と兄上に――ちっ！」

全てを言い終える前に、【万鬼夜行】が左手を掲げた。

すると、骸骨兵達は食事を止め、門へと殺到。

──躊躇《ためら》いはなかった。

社殿内へ飛び降り数十体の骸骨兵を蛇剣で切断。

同じく一刀で数十体を斬り捨てた義景と背中を合わす。

妖魔の女王が持つ宝珠が伝来通りとは到底思えぬ漆黒の光を発し──虚空《こくう》から次々と骸骨兵達が前進。

その数、数百……否《いな》。千を軽く超えている。

『彼女は単独で一軍を形成し、国すら陥《お》とした』

生前の父が語っていたことは真《まこと》だったようだ。

重囲に置かれる中、義景が怒鳴った。

「爺《じい》、【万鬼夜行】だっ！　撤退せよ。これは命令であるっ‼」

「断固っ！　御断り申すっ！！！！　むぅぅぅん！！！！！」

老侍は大声をあげ大薙刀《なぎなた》を振るい、骸骨兵達を薙《な》ぎ払《はら》った。

大穴を開けた敵戦列に侍達が突入。

周りを掃討し、義景を守る陣形を敷く。

「命を捨てるは歳《とし》の順でござるっ！　若こそ御退きあれっ！　我等が殿《しんがり》を務め申すっ！」

『お任せあれっ！』

「貴様等っ⁉」

「良いではないか。老人の言うことは聞くもの。父がよくそう言っていた。此処《ここ》は共に死力を尽くし――生き残るとしよう」

幾つか魔法を紡《つむ》ぎながら、口を挟む。

義景が胡乱《うろん》気に私を見た。

「……どういう風の吹き回しだ？　異国の客人」

「貴殿等を助ける義理なぞない。だが、このような暴虐を前に独り逃げるは……今は亡《な》き父の教えに非《あら》ず！　我が使命も未だ果たしていないからな」

「ふっ……感謝、するっ！」「助太刀、有難しっ！」

大太刀と脇差を構えた義景と老侍が、迫り来る骸骨兵の軍列へ突撃。

――光の乱舞。

ボロボロの刀、槍、兜《かぶと》、鎧《よろい》を切り裂き、数十の骸骨兵が塵《ちり》に帰っていく。

大陸でいうところの光属性『魔法剣』。

「今ぞっ！」『応っ！』

老侍の号令と共に侍達も戦線を押し上げ、本殿までの路《みち》を切り開いていく。

見事な技と一糸乱れぬ動き。

修羅しかおらぬ秋津洲を征しただけのことはある。

関心しつつ――横合いから襲い掛かってきた骸骨共に弟のユヴラン手製の炸裂薬《さくれつ》が入っている小瓶を投げ込む。

「ぬっ！」「むぅ！」

義景と老侍の呻《うめ》きが聞こえた直後、大爆発。

重囲の一角を形成していた数百の骸骨兵が宙を舞い、バラバラになっていく。

私の隣に立った義景が驚嘆。

「【全知《ぜんち》】の爆発薬か！　自ら見る機会があろうとはなっ！」

「私が作ったわけでない。問うが、あの女は人の言葉を解《かい》すのか？」

侍へ冷たく応じ、短剣の切っ先を先程から一歩も動いていない社殿の妖女へ向ける。

――秋津洲へ渡って以来、各地を転々とし父の遺《のこ》した日記に書かれていた、遺灰の在処《ありか》を探ってきた。

そして、つい先日、ようやく確度の高い情報を得たのだ。

相手が化け物であっても、逃すことは出来ない。

「……解す。交渉出来る相手ではないがな」

「十分だ——妖魔の女王よ。【全知】の子が問うっ‼　汝《なんじ》が求めるは【女神の遺灰】か？

それとも、異なる物か？」

初めて、女の瞳に感情が見て取れた。

右腕で小瓶を掲げる——血の如《ごと》き深紅の砂。

「……哀《かな》しき英雄の子。これは私の物。秋津洲を出るついでに、そこの『八幡』は殺すが、
お前の命は取らぬ。去れ。去って、平穏を甘受せよ。それを【全知】は望むだろう」

「出来ぬ。私は、私達には父の汚名を晴らし、【黒禍《こっか》】を倒すという、使命があるっ！」

妖魔の女王が、目を見開いた。

——くぐもった嘲笑。

「哀れな子。そんなことを【全知】は望まない。誰に吹き込まれたのか知らないが……止
めておいた方がいい。【黒禍】に手を出せば、灰も遺《のこ》らぬ」

『っ！』

黒の瘴気《しょうき》が渦を巻き、宝珠が瞬《またた》いた。

骸骨兵と破片が集結し——私達を囲むように八体の巨大な漆黒の骸骨兵が立ち上がって
いく。

これは、妹のユニが使役する⁉

妖女が私を蔑む。

「…………愚かな子。嗚呼《ああ》、人とは何と」

「はい。真、愚かでございます。特に――貴女様《あなたさま》が」

『！』

突如、平坦《へいたん》な声が耳朶《じだ》を打った。

長い黒髪を靡《なび》かせた少女が【万鬼夜行】の眼前に出現。転移魔法⁉

手に持つ美しい短刀を無造作に振り下ろし、

「！ 貴様、『弓削《ゆげ》の』、がっっっっっっっ！！！！！！！」

場にそぐわぬ鈴の音が鳴り、妖女の左腕が肩から切断。黒血と共に宙を舞う。

少女は重さなど感じていないように跳躍。左腕を摑《つか》み社殿の屋根へと降り立った。

腰までの長く光を感じさせない黒髪に、淡い翡翠《ひすい》の着物と高下駄《たかげた》。瞳の色も漆黒。

無造作に左腕を投げ捨て、柄《つか》に小さな鈴が付いている短刀を納めた。

【白夜道程】をしげしげと眺める。

傷口を残った右手で抑え、巨大な骸骨兵の頭に飛び乗った妖魔の女王を見やりながら、義景が警戒も露《あら》わに少女へ問う。

「……貴様は何者だ？　七年前、我等に滅ぼされた弓削の者なのか……？」

「助かりました」

「……何だと？」

会話になっていない。

少女は宝珠から目を離し私を見て、懐《ふところ》から小瓶を取り出した。

――中には深紅の砂。

『！　そ、それは……まさかっ！』

妖女は自らの小瓶を確認し――

『おのれぇぇぇぇ！　我を謀《はか》ったなぁぁぁぁ！　魔女めぇぇぇ！』

憤怒《ふんぬ》の形相になり、地面へ叩《たた》きつけた。

瞬時に泥へと変わる。偽物《にせもの》だと⁉

黒髪の少女があどけない笑みを浮かべ、私を見た。

……酷《ひど》くおぞましい。人ではないかのようだ。

「貴方様《あなたさま》が派手に各地を動かれたお蔭《かげ》で、一々《遺灰》を探す手間を省くことが出来ました。これだけ警備が固められていれば、何処《どこ》が本命なのかは赤子であっても分かります。

ついでに、そこの老女へ情報が届くよう手を差配し、先んじて《遺灰》は回収。手だけを汚させ、あの御方からの――ハル様からのお叱りをも回避。かつ、老女にかどわかされ龍乃原の戦の結果、滅亡した一族の恨みを晴らすことも出来ました。……正直、愚かしい一族の件はどうでも良いのですが、復讐《ふくしゅう》の許可も出ておりますし？　私、とても良い子なのです」

「な、何を言って⁉　しかも、『ハル様』だと⁉　何故《なぜ》、あの御方を知る者が……」

義景が顔を引き攣《つ》らせながら叫ぶ。私も同じような表情になっているのだろう。

少女は答えない。我等なぞ眼中にないのだ。

「後はそこの黒い方を捕らえれば、お褒めいただける二つ目の権利も得られます。まぁ、うっかり殺してしまっても死体から色々と情報を得られることでしょう。一箭双雕《いっせんそうちょう》――」

八体の巨大骸骨兵が少女へ肉断ち包丁を叩きつけた。凄《すさ》まじい轟音《ごうおん》。

「「っ！」」

咄嗟《とっさ》に両手で防御。突風が吹き荒れ、【万鬼夜行】の前髪を吹き飛ばす。

――信じ難《がた》い程の魔力を蓄えた、漆黒の宝石。

「《魔神の欠片《かけら》》だと⁉」「客人！」

呆然《ぼうぜん》とした私を義景が腕を引き、無理矢理後退させる。

直後、瓦礫《がれき》が吹き飛び無数の根が飛び出し巨大骸骨兵に絡《から》まり、粉砕した。

妖魔の女王が左腕を再生させ、忌々《いまいま》しそうに吐き捨てる。

「……【黒禍】の庇護《ひご》下にあったか。道理で死体が見つからぬ訳だ。しかし、それもここまで。今宵《こよい》、過去の因縁を断ち切らん！　《遺灰》は我のものだっ！」

「――それは、どうでございましょう？」

枝が割れ、中空に再び少女が姿を現した。

左手の【白夜道程】からは先程よりも遥《はる》かに禍々《まがまが》しい黒の魔力。

妖魔の女王を指差し微笑。

「貴女様の右の瞳のそれ――《魔神の欠片》でございますね？　一箭双雕どころか、一箭《いっせん》三雕《さんちょう》とはっ！　この国には無いと……嗚呼、感謝致します。御礼《おれい》と致しまして、抵抗せずに差し出していただければ、苦しまずに殺して差し上げるのですが」

「……戯言《たわごと》を」

「残念でございます――……名乗っておきましょう」

激怒している妖魔の女王。大太刀と脇差を握り締める義景。慄《おのの》き後退《あとずさ》りする侍達。

黒髪の魔女は深々と頭を下げた。

手に持っていた宝珠が白から黒翠へと変わり、膨大な魔力を放ち始める。

……人のそれではない。

無数の根が蠢《うごめ》き始め、地鳴り。

魔女の瞳と髪が鮮血のような深紅に染まっていく。

「ハル様にいただいた私の名はアザミ。昨今では【東の魔女】と呼ばれております。そこのお侍様方。黒い方を見捨てて、早くお逃げくださいまし。私の魔法、細かい制御は出来かねますので、虫けらを簡単に殺してしまうのです。では——ご機嫌よう。さようなら」

第1章

帝国近衛《このえ》騎士　オスカー・マーシャル

「申し訳ない、お待たせした。帝国近衛騎士団所属――オスカー・マーシャルだ」

部屋に入った時、不覚にも自分の声が震えているのが分かった。

皇宮内――皇帝陛下とご家族の方々、そして国家の重鎮がおわす領域手前に設けられた近衛騎士団の待合室で、私を待っていたのは男女二人。

男は人族。

灰髪灰髭《ひげ》。黒蒼《くろあお》の騎士服姿の偉丈夫。年齢は私と同じ二十代後半といったところか。

細身だが、極限まで無駄を削《そ》ぎ落とし鍛え上げられた肉体。

武装は規定通り預けているようだが――魔力の底が見えない。

近衛騎士団第十席である自分をして『圧倒的』という言葉しか思いつかず、技量差を測ることすら不可能だ。

冷や汗が止まらない中、男は軽く手を振ってきた。

「グレンだ。なに、そこまで待っておらんよ。で、あろう？　姐御《あねご》」

「ええ～私は待たされたと思うけどぉ？　紅茶も安いし、御茶菓子も出ないしぃ～？　何より――こんな所に留め置かれたしね。あ、私はルナ～。よろしく★」

ドワーフの少女が楽しそうにこちらを見て、怖い微笑を浮かべてくる
茶髪を同色のリボンで結い、純白のローブを身に纏《まと》い、魔女帽子を膝上に置いている。

一見すれば何処にでもいる魔法士。

――しかし、自分はこの少女が何者なのかを知っている。対応を誤れば、抵抗することも出来ず塵《ちり》にされるだろう。

荷が重い。騎士団長が直接対応すべき案件なのではないか？

皇宮に入ることは、当然のことながら難しい。

民間人で入る許可が出るのは……十大財閥乃至《ないし》はそれに匹敵する者か、冒険者の最高峰たる特階位。

中でも国家に認められる功績を積み上げ、国家に匹敵する武を備えた者だけ。

目の前に座る二人は明確にその基準を満たし、以前は直接皇宮へ通してもいる。

にも拘《かかわ》らず、何故、上層部は『待合室で用件を聞く』という決定を……。

だが、既に命は下された。不満を押し殺して口を開く。

「【天騎士《てんきし》】殿と【天魔士《てんまし》】殿、御高名はかねがね。まず――御存じの通り、皇宮内への立ち入りは極《きわ》めて厳格。事前の約束がなければ御二方と雖《いえど》も難しい。要件は、この場にて承りたい」

「ほぉ……」「へぇ……」

部屋の空気が一気に重たくなり、息苦しい。……殺気すら放たず、これか。

外に部下達を待機させてはいるが、相手が徒手であろうとも、まともに時も……少女が不思議そうに口を開く。

「一点だけ聞いていいかな～？」

「……何だろうか？」

「私達は『皇帝への謁見』を通達した。なのに～――……帝国は拒否してきた。つ・ま・りぃ、『話を聞く気がそもそもない』と理解していいのよね？　きちんと答えてね？　これ、大事な……とてもとても、とても大事な話だから」

「っ⁉」

い、息が……出来ない……………。何だ、これは魔法、なのか……？

片膝をつき必死に呼吸を試みるも、視界が暗くなっていく。

男が灰髭をしごきながら、淡々と口を開いた。

「……姐御、その辺で」

瞬間、空気が軽くなり、混乱しながらも喘《あえ》ぐ。

「がはっ、はっ、はっ……」

「あれ～？　どうかしたのぉ～？　私、何もしていないけど～？　ただ、当たり前のことを聞いただけだよ～？　――さ、答えてくれる～？　この措置は、こーてーへーかの指示によるものなのかなぁ？」

少女があどけなく笑う。

ただし……瞳の奥は一切笑っていない。

首筋に不可視の刃を突き付けられている感覚。指すらも動かすことが出来ない。

此処《ここ》から先、返答を誤れば命はないだろう。

どうすれば……何と答えればいい？

必死に思考を巡らすも、良《い》い言葉は思いつかない。

私は、上層部から『留め置き、追い返せ』と命令されただけなのだ。

近衛騎士団団長の厳《いか》めしい顔を思い出す。

マーシャル、お前の経歴にも箔《はく》をつけられよう。よろしく頼む。

……くそっ！　甘言に乗った私が馬鹿だった。

グレンが細目になり、首を振る。

「姐御、マーシャル殿に聞いても無駄であろう。【天騎士】拝命後、幾度か皇宮へ来たことはあるが、通告を拒絶されたことは初めてだ。帝国上層部内で、意識の変化があったと考える。我等は使者。師にはありのままを報告する外あるまい？　ああ、安心してくれ。外の者も含め、剣を抜かぬ限り何もするつもりはない」

「⁉」

潜ませている部下達の存在までバレているとは……化け物共めっ。

【天騎士】――それは前衛系最強の称号。

目の前に座るこの男こそ、大陸に数多《あまた》いる前衛の頂点にして、絶対の存在。

強過ぎるが故、稽古相手にすら事欠く程の騎士であり、大陸最強最大の傭兵《ようへい》団【黒天騎士団】の団長でもある。

レナント王国相手で挙げた戦功は『古今に比類無し』とすら称されているのだ。

【天魔士】――それは後衛系最強の称号。

このドワーフの少女と戦場で相対し、生き残った者は存在しないとされる。

普段は西都を根城にしていると言われているが……詳細は不明。

畏怖されながらも、多くが謎に包まれている。

奥歯を噛《か》みしめ、ルナへ尋ね返す。

「それはいったいどういう意味なのだろうか？　皇帝陛下の御意思とは？　しかも、貴殿等程の方々が『使者』だと？」

すると、少女は不思議そうに小首を傾《かし》げた。

「え～そのままの意味だけどぉ？」

即座に逃走したくなるのを、全力で抑え込み耐える。

見下ろしてくる少女の影に――……怪物を見た。

「私とグレンは単なる使者。私達は『伝言』を持って来た。けれど、ロートリンゲン皇帝は聞こうともしなかった。その事実を持ち帰るだけ。後のことは、知らない」

「帝国に……敵対されるおつもりか？　如何《いか》な【天魔士】と雖も、そんなことをして、ただで済むと思って、っ！」

最後まで話せず、床に突っ伏してしまう。

相手の発する魔力で鎧《よろい》が軋《きし》み、信じ難《がた》いことに床や壁に罅《ひび》が走っていく。

少女は極寒の声色で断じた。

「……もしかして、分かっていないの？　私ね、それなりに怒っているんだけど？」

「～～っ！」

隣の部屋から音がし、部下達が扉をこじ開けようとしているが、びくともしない。

恐るべき魔法士が淡々と続けてきた。

「私やグレンを蔑《ないがし》ろにするのは別に構わない。多くの人は所詮、自分で見たものしか信じないのも理解しているつもり。けれど――」

「がっ」

髪を持たれ、強引に顔を引き上げられる。

――少女の瞳に見えたのは、人ならざる何か。恐怖で心臓が潰れてしまいそうだ。

「お師匠を愚弄した相手は許さない。絶対に、絶対に許さない。今、此処で皇宮を消してしまってもいいと思っているんだけど？　皇帝は何時《いつ》から、そんな身分に――グレン」

「ぐっ！」

突然圧力が止《や》み、少女は私から手を離した。

よろよろと顔を上げると、鋭い視線で窓の外を眺めている。

――つい先日、半壊した陽光教《ようこうきょう》の尖塔《せんとう》。

グレンも目を細めた後、おもむろに立ち上がった。

「マーシャル殿。失礼した。我等は引き上げるとしよう」

「はっ？」

呆気《あっけ》にとられる私を後目《しりめ》に、二人は出口へと向かう。

……非常に嫌な予感がする。

「お、お待ちをっ！　何かしら重要な事柄あって来られた筈《はず》。お聞かせ願いたい！」

二人は立ち止まり、ルナが天騎士へ話しかけた。口調はもとに戻っている。

「ん～どうしようかしら？　あんまり揉《も》めている所を見られると、不味《まず》いけど」

「うむ、そうだな、大姐御は加減というものを知らぬ。姐御が決めてくれ」

「仕方ないわねぇ――騎士さん、ディートヘルムは知ってる？」

「はっ？　だ、大宰相閣下のことだろうか？」

「そ～。あの子にこう伝えておいて」

――二人は伝言を残し、去って行った。

どっと、恐怖が襲ってくる。とてもじゃないが立っていられない。

部下の介助を受けながら椅子に深々と座り、考える。

……畜生。これをいったいどうしろと言うのだ？

魔女はこう言い残していった。

『迷宮都市に聖騎士を派遣し、【魔神】に関わろうとした件について、皇帝に直接尋ねたき疑義あり。約定違反を犯していた場合――星落としの【魔女】の来訪に注意されたし』

【閃華《せんか》】メル

「ん～……どうしたものでしょうか」

帝都【盟約の桜花《おうか》】のクランホーム副長室。

私は机にペンを置き、額へ手を置きました。

書類仕事は大分片付いているのですが、悩ましいものですね。

外からは眩《まばゆ》い昼の陽光。一休憩入れましょうか――規則正しいノックの音。

「開いていますよ」

「失礼します」

入って来たのは、綺麗《きれい》な翠《みどり》髪の短髪のメイドさん。

エルフの血が混じっているらしく、とても整った顔立ちです。

――この子の名前はニーナ。

十大財閥の一角、【宝玉】のシキ家令嬢、タバサ・シキの専属メイドにして、ハル様の教え子の席に加わった私の新しい妹弟子です。

先日、シキ家の屋敷で起こった黒外套《くろがいとう》との戦い以来、うちのクランホームにタバサと共に逗留《とうりゅう》しています。

ソーサーに載ったカップが執務机に置かれました。良い香り……。

「お疲れ様です、メルさん。どうかされましたか？」

「少しばかり煮詰まっていまして……一息入れようと思っていたところだったんです」

「なるほど。良い機でございましたね」

そう言うとニーナはテーブルにトレイを置き、新しい紅茶を淹《い》れ始めました。

「温かい内にどうぞ。今日は同盟産の物を淹れてみました」

「ありがとう。タバサはどうしたんですか？」

カップを手に取りながら、もう一人の妹弟子の行方を尋ねます。

大体ニーナの傍《そば》にいる子なんですが……。

メイドさんが椅子に腰かけながら、答えてくれます。

「御嬢様《おじょうさま》は訓練場で見学されています。【舞姫】様、【烈槍《れっそう》】様、【氷獄《ひょうごく》】様の模擬戦なぞ、滅多に見られぬものではございませんし。皆様やトマ様と一緒に見学なさる、と」

私は再び額に手を置きます。

あの子達。王都から到着して、何処《どこ》へ行ったのかと思ったら！

「はぁ……また、派手に壊しそうですね。困った子達です」

【舞姫】サクラ・ココノエ。【烈槍】ファン・ブラント。【氷獄】リル。

うちのクラン団長に、最先鋒《せんぽう》と最後衛を担《にな》う特階位冒険者。

その名声は帝国内では収まらず、大陸西方に轟《とどろ》く私の妹弟子達です。

クラン幹部でもあるあの子達には、一緒に厄介事を考えてほしいのですが……。

ニーナが机の上に置かれた手紙へ視線をやり、聞いてきました。

「お悩みは、それですか？」

「……ええ」

心を落ち着かせる為《ため》、焼き菓子をパクリ。

――うん、今日のも美味《おい》しいですね。

甘さは蜂蜜。混ぜられているのは香ばしい豆類でしょうか？

帝都にいながら、ハル様特製レシピのお菓子が食べられるなんて！

ニーナへ感想を告げつつ、説明します。

「美味です♪　これは先日、少し話に出た、先々代皇帝夫人【女傑】カサンドラ・ロートリンゲンからの依頼状です。報酬と内容は」

数字の書かれていない小切手と手紙を机の上に置きます。達筆な字。

『当代皇帝とその取り巻きが、【三神】に関わり、女神教と裏で取引している懸念《けねん》あり。約定違反となった際、【星落《せいらく》】との交渉手段として、貴クランの最精鋭による皇宮防衛を依頼したい。報酬は望む額をお支払いする』

ニーナが私の席へ腰かけ、素直な感想を零《こぼ》します。

「これはまた……大変剣呑《けんのん》でございますね」

「ええ、とても。《魔神の欠片《かけら》》だけでなく、女神教絡《がら》みとなりますと、どうしても慎重にならざるを得ません。ハル様とロートリンゲン皇帝家との間には幾つか約定が交わされているのですが……万が一、現皇帝が女神教と関わっていたら事態は最悪です」

帝国は二百年前の『大崩壊』以降、大陸最大の宗教である女神教を国内から追放。

以来、陽光教を国教に定めています。

その措置は徹底されていて……寛容な移民政策を取っている国とは思えない程です。

けれど、仕方ないのかもしれません。

何故《なぜ》なら旧帝国と女神教は、世界を二度救いし【勇者】を……紅茶を一口。

「迷宮都市におられるハル様からも『慎重に』との注意も届いています。訓練場で遊んでいるうちの団長は『……迷宮都市に行けなかった』と愚痴ばかり。うちのクラン、頭脳労働をする人間が少ないんですよ。ニーナ、うちに入りませんか？」

切実なお願いを妹弟子へぶつけます。

すると、ニーナは視線を逸《そ》らしました。

「私はタバサお嬢様の御世話《おせわ》とハル様のお菓子を習得するので精一杯ですので。あと、メルさんの病に罹患《りかん》するのは御遠慮いたしたく……」

「うぅぅ……いけずぅ～。私、そんな病気にはかかっていませんっ！　サクラの宿痾《しゅくあ》『ハル様に会いたいのに、毎回会えない』は、あの子固有です！　そうですっ‼　この件が終わったら、お休みを取って、すぐにでも辺境都市ユキハナへ――」

再びノックの音。この魔力は！

私は姉弟子としての威厳を損なわぬよう、声色を少しだけ整え返事をします。

「こほん……どうぞ」

部屋の中に、顔を覗《のぞ》かせたのは栗色《くりいろ》髪で苦労と人の良さが顔に滲《にじ》み出ている、黒の魔法衣姿の青年でした。

「……トマから副長室へ行けって言われたんですけど、合ってましたか？」

「合ってます！　嗚呼《ああ》……ロス……………私の可愛《かわい》い可愛い弟弟子っ！　貴方《あなた》が来てくれるのを待っていました！」

椅子から飛び上がり、身体強化に物を言わせ跳躍。

弟弟子までの距離を一挙に詰め、抱きしめます。

「わっ！　メ、メル、ど、どうしたんですか？　あ、頭を撫《な》でないでくださいっ。」

青年は頬を赤らめ、混乱しながらも振《ふ》り解《ほど》こうとはしません。相変わらずいい子です。

私を呼び捨てにするのも、慣れてきたみたいですしね。

その分、うちのクランでは苦労させていますが。

「メルさん」

ニーナに名前を呼ばれ我に返り、ロスから離れます。

「……失礼しました。私としたことが、仕事を押し付け——とっ〜ても、頼りになる可愛い弟弟子の到着に、嬉《うれ》しくなってしまいました。てへ♪」

「………今すぐ、王都へ帰りたくなりました。向こうを任せたサシャに、『ロスの薄情者ぉ。戻ったら埋め合わせしてもらいますぅ』って散々罵られたんですよ？」

「ふ〜ん。そうなんですねぇ〜。相変わらず仲良しで結構なことです」

帝都詰めの私とトマ。

普段は王都にいるサクラ、ファン、リル、それにロス。

王都で留守役を務めてくれているサシャを除く、【盟約の桜花】の幹部揃《そろ》い踏《ぶ》み。

この陣容ならば、複数体の龍討伐すら容易でしょう。

……ですが、私の心は落ち着きません。

静かに控えている美人メイドさんを紹介します。

「ロス、新しい妹弟子です。名前はニーナ。訓練場でタバサには会いましたね？　あの子の専属メイドさんです。……手を出しちゃ駄目ですよ？」

「手を出すって何ですかっ！　話は聞いています。ロスです。役回りは……」

「うちの参謀です。戦術立案をしてもらっています」

弟弟子は肩を竦《すく》めました。

ハル様に少しだけ似ている笑みを浮かべ、ニーナへ会釈《えしゃく》。

「雑用係ですよ。平民出なので姓はありません。うちの副長が御迷惑をおかけしていると思います。ですが悪い人じゃないので、今後ともよろしく」

美人メイドさんはくすりとし、穏やかにうなずきました。

「はい、ロス様」

「ロス、と」

「では、ロスさん、と」

教え子達の中では、『常識人』『苦労人』枠に数えられるだろう二人は早くも打ち解け、ほんわかした空気が漂っています。

……むむ。

私はポケットから手帳を取り出し、ペンを走らせます。ロスがジト目で見て来ました。

「……メル、何を書いているんですか？」

「え？　サシャへの告発状ですけど？　『ロスが、美人な妹弟子にちょっかいをかけています』と！」

途端に弟弟子は慌て始めました。幼い頃からこういう所は全く変わっていませんね。

「書かないでくださいっ！　……で、サクラとファンだけでなく、僕とリルまで呼び寄せた理由は何なんです？　赤龍《せきりゅう》討伐を途中で打ち切らせる程の重大事だと？」

「――まずはこれを」

風魔法を発動。封筒をロスの手元へ飛ばします。

素早く目を走らせ、弟弟子は顔を顰《しか》めました。

「…………剣呑ですね」

「ニーナともそう言っていたところです」

「ロスさん、どうぞ」

美人メイドさんは弟弟子へカップを手渡しました。

「ありがとうございます」

弟弟子は御礼《おれい》を言いながらも、視線は依頼状へ落としたまま。

紅茶を飲みながら、淡々と零します。

「【女傑】は大陸全土に名を轟かせた、とんでもない御人です。何しろ、気弱な第六代皇帝を支え帝国の領土をほぼ『大崩壊』前までに戻してしまいましたからね。生きている内に彼女の一代記すら編纂《へんさん》されてもおかしくない程の人物です」

「そうでしょうね」「裏ではもう編纂が始まっているかと」

私とニーナはロスの意見に同意します。

ハーフエルフである私は、人よりも多少長く生きています。

その経験と照らし合わせても――【女傑】が歴史上時折出現する、一種の『怪物』なのは疑いようもありません。

ロスがカップをテーブルへ置き、両手を組みました。

「けれど、政治の表舞台に立たれていたのはもう二十年近く前の話。以降は、帝国北方で静かに過ごされていると聞き及びます。実質的な帝国皇帝という絶大な権力を、自らの意思で次世代へ渡すことに一切躊躇《ちゅうちょ》せず、お師様から『一人前』のリボンも貰っている英傑。そんな御方がうちのクランを名指しで依頼する。しかも、クラン最精鋭――【舞姫】【烈槍】【氷獄】の参加を求めて。つまり、手紙に書かれていた内容は真実。メル、これは極《きわ》めつけの厄介事です。下手すれば……現帝国そのものが揺らぎます」

苦衷に満ちている弟弟子。

同じ結論に達していた私は、素直に聞きます。

「断りますか？」

「……無理でしょう。何故なら」

「私が、請ける、と言うからよっ！！！！」

扉が開け放たれ、颯爽《さっそう》と女性剣士が入って来ました。

長く美しい黒髪を紅色の紐《ひも》で結び、自身に満《み》ち溢《あふ》れた大きな瞳。すらりとした肢体に纏《まと》っているのは、東の果て、秋津洲皇国《あきつしまこうこく》の淡い紅を基調とした剣士服。

腰には漆黒の鞘《さや》に納められた大刀と脇差。柄《つか》には小さな鈴が結びつけられています。

私は困った団長兼妹弟子を注意。

「……サクラ、声が大きいです。ファンとリルはどうしたんですか？」

「トマの成長を確かめているわ！　私はこの子と、ね」

サクラの後ろから、ぴょこんと淡い茶髪の少女が顔を出しました。

──タバサ・シキ。

ニーナのご主人様で、今は亡《な》き【宝玉】カガリ・シキを継ぐだろう、好奇心旺盛の妹弟子です。

私達に目と口で報《しら》せてきます。……なるほど、無理矢理、ですか。

サクラを詰《なじ》ります。

「訓練場の修繕だってタダじゃないんですよ？」

「分かってるわよ。でも、トマったら彼女が出来たらしいじゃない？　折檻《せっかん》──基《もとい》、愛の鞭《むち》が必要よ！　そこにいるのがニーナかしら？　【盟約の桜花《おうか》】団長のサクラよ。あいつの教え子になったんでしょう？　これからよろしくね」

「はい、よろしくお願いします。お紅茶をどうぞ」

ニーナが如才なく受け答えし、紅茶のカップを手渡しました。

その間にタバサは移動し「あ、新作のお菓子！」と叫び、目を輝かせています。

流石《さすが》はカガリの孫。肝が太いですね。改めて問いかけます。

「サクラ、本気ですか？　ハル様の御手紙によれば、帝国から迷宮都市に派遣されていた聖騎士と『白銀隊』の目的は【魔神】絡《から》みだったと……。そこに女神教まで関われば、【星落《せいらく》】ラヴィーナ・エーテルハート御姉様は絶対に許されません。最悪、戦闘も起こり得ますし、帝国内のゴタゴタに巻き込まれる危険性も大なんですよ？」

帝国が【三神】――【魔神】【女神】【龍神】に関わるのは、初代皇帝アーサー・ロートリンゲンとハル様が誓約を交わされた、絶対の御法度《ごはっと》。

そして、仮に帝国が約定を破っていれば今回で三度目。

女神教と関わっていれば四度になってしまいます。アーサーとハル様との誓約は『二度の機会』なので……ラヴィーナ姉様が躊躇《ためら》われるとは到底思えません。

私の懸念《けねん》に対し、サクラは深々と頷《うなず》きました。

「断る理由にはならないわ。【盟約の桜花】の名を更に轟《とどろ》かせる切っ掛けになるかもしれないしね。あと……私達で解決したら、あいつに褒められるかもしれないじゃない？　そしたら、そしたら、辺境都市へ会いに行ける理由に――……はっ！　べ、別に、私は、あいつのことなんか、全然、これっぽっちも、気にしてなんかないけどっ！　けどっ‼」

首と両手をぶんぶんさせながら頬と首筋を赤く染め、大陸最高峰の剣士でもある【舞姫】が恥ずかしがります。

「…………」

対して、ロスは何とも言えない表情。

タバサとニーナが目線で説明を要求してきたので、耳元で囁《ささや》きます。

「(……サクラはですね、ハル様のことを本気で……。そして、ロスはサクラのことが昔から好きなんです……)」

「(あ、了解です)」

「(レベッカさんと同じ気配を感じます。先程のサシャ様は……もしやロスさんを？)」

察しの良《い》い妹弟子達です。クランに関わると色々あります。

サクラが力強く宣言。

「とにかく！　この依頼、請けるわ。メル、他に何かある？」

私は頭を振り、状況を説明します。

「……団長命令には逆らいませんよ。ただ、ルナとグレンがハル様の御遣いで、皇宮へ出向いています。我々が動くのはその結果を見た後にしましょう。ロス？」

「……そうですね」

ハル様をして『集団戦闘の指揮ならば大陸でも既に五指』と言わしめる、うちのクラン自慢の【戦術家】は思案した後、口を開きます。

「【女傑】と面会するのは、サクラ、ファン、僕、リルの四名。メルとトマ、ニーナさんとタバサさんは留守番を。何もなければそれで良し。何かあったら――ロスが私達を見渡します。」

「留守役の人達は辺境都市へ――ユキハナへ変事を報せてください。僕等《ら》のお師様なら、それだけで必ず動いてくれるでしょう」

レベッカ

「それじゃ、ハナ、タチアナ、世話になったね」

「お師匠～……まだまだいてよぉ～。急がなくていいでしょ？　ね？　ね？　あ、エルミアとレベッカは帰っていいわ。しっ、しっ！」

「……む」「何でよっ！」

迷宮都市ラビリヤの外れ。

クラン【薔薇《ばら》の庭園】の玄関前で、黒髪眼鏡の青年――【育成者】と嘯《うそぶ》く、私達の師であるハルに抱き着く小柄なドワーフの少女を、私と姉弟子のエルミアは睨《にら》みつけた。二束の赤茶髪を結んでいるリボンが揺れている。

とても【灰燼《かいじん》】の異名を持つ、大陸第七位の魔法士様とは思えないわね。

私の隣で長い白金髪の幼女――『意志ある魔杖』レーベを抱きしめ撫《な》で回していた、蒼《あお》い花飾りを前髪に着けている美少女が口を開く。

「ハナ、我《わ》が儘《まま》言わないでください。……ハルさん、御仕事を済ませたら、また、辺境都市へ遊びに行って良いですか？」

「勿論《もちろん》だよ、タチアナ」

「……はい♪」

【薔薇の庭園】副長にして、【不倒】の異名を持つ少女は前髪の花飾りを弄《いじ》りながら頬を赤らめ、ハルを見つめた。

胸がモヤモヤし、私は腰の鞘を指でなぞり、剣士服の袖を握り締めた。む～。

ハナが青年から離れて猛《たけ》る。

「お師匠！　うちの副長を甘やかさないでっ‼　甘やかすなら、私にしてっ！」

「十分、甘やかしてると思うけどなぁ」

「甘やかしてないぃぃぃ〜〜〜！　もうっ！」

腕組みをし、姉弟子はむくれそっぽを向いた。

レーベが目をパチクリさせ真似《まね》っ子。教育に悪いわね。

ハナはそのままの姿勢で報告し始める。

「帰る前に本題の報告――《魔神の欠片《かけら》》の封印方法はかなり詰めたけど、もう少し時間がかかりそう」

「うん。分かっているよ」

――《魔神の欠片》。

かつて、この世界を支えていた三神の一柱にして、世界を滅ぼそうとした【魔神】は、【勇者】達に討たれた際、十三の欠片に分かれたとされる。

ハルが首元から、ネックレスを取り出した。

――漆黒に瞬《また》く二つの宝石。一つは小さい。

「これは危険な代物だ。でも……僕が持っている限り、当面大丈夫だろう。ハナとナティアに封印方法は全部任せるからね」

「……うん、頑張る！」

姉弟子は向き直り、両手を握り締め意気込んだ。

ナティアというのは【本喰《く》い】の異名を持つ、ハルの弟子中最古参の一人らしい。

エルミア曰《いわ》く――敵に回すと一番厄介。

夜話に、私へそう教えてくれた白髪メイドが提案する。

「ハル、全体の情報共有が必要だと思う」

「そうだね。エルミア、お願い出来るかい？」

「ん」

姉弟子は鷹揚《おうよう》に応じ、状況を説明してくれる。

「私達は先日、【六英雄】の一人【全知《ぜんち》】の子を名乗る妙な黒外套《がいとう》達と、帝都と此処《ここ》、迷宮都市ラビリヤにて立て続けに交戦。奴等《やつら》の目的は【魔神】の復活。そして、『大崩壊』の再現だと思われる。有り体に言えば――世界への復讐《ふくしゅう》。二年前に私達が狩った人工特異種『悪食』もその一環。頭の螺子《ねじ》が何本か抜けてた錬金術師に比べれば可愛《かわい》いものだけれど、放置も出来ない。子供は往々にして……大人よりも恐ろしいことをしでかす。自分達の扱おうとしている物の恐ろしさを認識出来ていないから。結果」

エルミアの声色に冷たさが宿る。

「【勇者】の影をも顕現させた。ハルがいなかったら、即世界の危機だった」

「……確かにとんでもなかったけれど」「それ程なんですか？」

私とタチアナは口を挟んだ。

――大迷宮前でハルが交戦し、私とハナ、タチアナの最大攻撃で吹き飛ばした黒髪の少女、かつての【勇者】春夏冬秋《あきなしあき》の影は強かった。

冒険者の最高峰、特階位である私やタチアナでも対抗出来ない程に。

けれど、あの場にはハナが、都市内にはエルミアがいた。

何より――ハルがいたのだ。

そこまでの事態になるとは……エルミアがわざとらしく首を振った。

「はぁ……にゃんわん同盟は不勉強」

「ね、猫じゃないわよっ！」「私、わんこですか⁉」

私とタチアナは抗議するも、自称メイドには通じず。

指を突き付けられる。

「二百年前、【六英雄】の【剣聖】と【全知】は、『大崩壊』を引き起こし、二人で世界を滅ぼしかけた。けれど、彼ら二人は大英雄達の中でも下位の存在。筆頭足る【勇者】の力は理外。永劫《えいごう》の鈴の音が鳴る『銀嶺《ぎんれい》の地』から生きて帰り、【魔神】をほぼ単独で倒した。

影だからこそ何とかなった。完全復活し理性を失っていたら……最古参の八人総がかりじゃないと、対抗は困難」

史上初の特階位認定を受けたらしい私の姉弟子は強い。

……この子がここまでの危機感を示すなんて。

長く綺麗《きれい》な白髪に着けている黒リボンに触れながら、続ける。

「帝国も《魔神の欠片》を回収しようとしている。聖騎士と皇帝直轄の特務部隊まで『大迷宮』へ投入するなんて……明確な約定違反。泣き虫英雄王の子達が、何を考えているのか問《と》い質《ただ》す必要がある」

ハルは、現ロートリンゲン帝国成立に関わったらしい。

……道理で前皇帝の委任状を持っているわけね。黒髪の青年が応じた。

「グレンとルナには連絡しておいたよ。僕は七年前、秋津洲の一件以来、政治に飽き飽きしてね……帝国とも直接関わっていない。あの子達に行ってもらった方が効果的さ」

当代の【天騎士《てんきし》】と【天魔士《てんまし》】——世界最強前衛と後衛を使者に立てる、か。

昔の私だったら驚いたところね。今は……まぁ、ハルだし？

ドワーフの少女は頰を膨らまし「……あんな子が使者なんて」と呟《つぶや》いている。

ハナとルナは双子の姉妹らしいのだけれど、仲が悪いそうだ。

エルミアが可愛らしく、黒髪の青年へ上目遣いをした。

「二人が無視されたら、帝国潰していい？」

「駄目だよ」

「……ケチ」

外見は無駄に整っている姉弟子が唇を尖《とが》らす。

信じられないくらい美少女なのよね。外見だけは。

けれど、ハルには通じない。

「むくれても駄目」

「……酷《ひど》い。にゃんわん同盟は甘やかすのに、昔々に釣った私は甘やかさない。贔屓《ひいき》が過ぎる。レーベ、ハルが虐《いじ》める。助けてほしい」

エルミアが純真無垢《むく》な幼女に助けを求めた。何しているのよっ！

レーベは大きな瞳を丸くし、きょとん。ハルを見つめる。

「？　マスター、エルミアをいじめてる？？」

「虐めてないよ。レーベは僕を信じてくれないのかな？」

幼女が黒髪の青年に抱き着いた。満面の笑み。

「レーベ、マスター好き♪　ママも、タチアナも、エルミアも、ハナも好き！」

「いい子だね」

「♪」

はぁ……可愛い。後で私も抱きしめないと！

心の中で固く決意し、気になっていたことを尋ねる。

「そういえば、ハナ、タチアナ、新人さん達は？」

「ソニヤ達なら、『大迷宮』の内部調査よ」

「【紅炎騎士団《こうえんきしだん》】のカールと【猛き獅子《しし》】のブルーノに私も誘われたんですが、ハルさん達をお見送りしたかったので断りました。ソニヤも最後まで迷っていましたね」

「……ふ～ん」

ソニヤ、ヴィヴィ、マーサ──【薔薇の庭園】に所属する新人達だ。

私はハナとエルミアをちらり。姉弟子達は目で同意してくれる。

……カールの目的はタチアナね。もっと押せばいいものをっ！

じーっと、美人副長を見つめる。

「レベッカさん？　私の顔に何かついてますか？」

「大丈夫よ、大丈夫。あ～でもぉ？　カールには後で謝っておいた方がいいんじゃない？

エルミアもそう思うわよね？」

「ん――そうすべき。ハナ、適宜援護」

「りょーかい」

「はぁ……」

案外と初心《うぶ》なタチアナは不思議そうにきょとん。こういう仕草も様になる。

ハルが手を合わせた。

「さて、エルミア、レベッカ、行こうか。ハナ、何かあったら連絡を。――ああ、そうだ。タチアナ、こっちへ」

「はい？　何ですか？　ハルさん？」

黒髪眼鏡の青年は左手を伸ばし、近づいて来たタチアナの耳元に触れた。

「ひゃぅ」

「「――！」」

美人副長の頬と首元がみるみる内に赤く染まっていき、私達は硬直。

――耳のイヤリングが光を放った。

ハルは手を離し、普段通りの穏やかな微笑《ほほえ》み。

「魔力を回復させておいたよ。これで、ユキハナの近くへ何時でも飛べる。ハナが仕事をしなかったり、疲れたらまた遊びにおいで」

「――……はい。ありがとうございます♪」

タチアナははにかみ、ふんわりと感謝を述べた。

……くっ！　同性だけど、か、可愛い。

私とエルミアは阿吽《あうん》の呼吸で、師の裾を引っ張った。

「レベッカ？　エルミア？？　どうかしたかい？」

「……いいから、早く飛んで」「……ん。元野良猫《のらねこ》の言う通り」

「うん？　分かったよ」

戸惑う黒髪眼鏡の青年に訴えると、レーベが七色の光を放ち魔杖に変化。

石突を撃つと、転移の黒扉が出現した。ハナとタチアナが手を振ってくれる。

「お師匠、エルミア、レベッカまたね！」

「ハルさん、エルミアさん、ありがとうございました♪　レベッカさん！　一緒に頑張りましょうっ！」

「うん。また手紙を書くよ。ソニヤ達によろしく」

「――ん」

「ええ。打倒、姉弟子共よっ！」

瞬間、黒扉が開き――私達は暗闇の中に身を躍らせた。

「――レベッカ、もう目を開けていいよ」

ハルの優しい声が耳朶《じだ》を打つ。恐る恐る目を開けると、

「此処って……？」

私達は、植物に飲まれつつある古い石造りの建物の中に佇《たたず》んでいた。人気はない。

上空を見やると日差しが降り注ぎ、小鳥達の囀《さえず》りが聞こえてきた。

人型に戻ったレーベを抱きしめているエルミアが淡々と説明。

「ユキハナの近くの遺跡。タチアナは魔力が溜《た》まると此処へ飛んでくる。ハルの結界が張り巡らされているから、盗賊共の根城や魔物の巣になることもない」

「……ふ～ん」

私は納得し――腕を組み、黒髪眼鏡の青年にお説教を開始した。

「ハル……さっきのタチアナにした行動、ああいう風に女の子へ接するの良くないと思うわ！　エルミアもそう思うわよね？」

姉弟子に同意を迫ると、遠い目をした。

「……ハルは昔からそう。何度言っても、何度撃っても、何度教え子裁判で有罪を下して

も治らない。学習能力がない。厳重な監視が必要……」

「…………そうね」

私達の師は女の子を引っかけすぎなのだ。

今後は是正させないと！

……ま、まぁ、タチアナとは同盟を組んだし、許してあげなくもないけど。

ハルは困った顔になり、頬を掻《か》いた。

「えーっと……『女の子には優しくしないと駄目』って、みんなに習ったんだけど？」

「『それはそれ、これはこれ！』」「？　マスター、めー」

「難しいなぁ……」

私達の猛攻に育成者様はたじたじになり、苦笑した。左手で促してくる。

「――エルミアは、レベッカとレーベを連れて冒険者ギルドへ寄っておくれ。手紙や荷物がたくさん届いていると思う。帝都にいるジゼルから、【雷姫】様宛にもね」

「ん。了解」

「⁉　ハ、ハル、わ、私は廃教会へそのまま――」

突然の反撃に動揺を隠せない。

ジゼルは私の友人で冒険者ギルドの窓口を務めている少女。

迷宮都市の変事を聞いて飛び出して来てしまったけれど……現在、帝都で開催されている雷龍素材の大規模競売の件を考えれば、絶対に怒っている。

何せ当事者がいないのだから……いきなり、姉弟子と幼女に両腕を摑《つか》まれる。

「エ、エルミア⁉　レ、レーベ⁉」

「諦めが肝心」「ママとおさんぽする～♪」

「ぐぅ……」

私は呻《うめ》くしかない。

ハルがくすりと笑い、手を振った。

「じゃ、また後で。お茶の準備をしながら待っているからね」

＊

約二年ぶりにやって来た辺境都市ユキハナの冒険者ギルドは、何も変わっていなかった。

先日、戻った時はギルドに寄らなかったので、少し懐《なつ》かしい。

建物の中には多くの冒険者達の姿。

私とレーベの姿を見て怪訝《けげん》そうな顔になり、次いでエルミアを確認。

『!?』顔を蒼褪《あおざ》めさせ、視線を逸《そ》らしていく。相変わらずみたいね。

大半は知らない人ばかりで皆若い。

私の知る有名クランの多くはユキハナを離れたと、風の噂《うわさ》で聞いている。

極一部の見知った人には会釈《えしゃく》をしておく。

辺りを見渡していると、エルミアが振り返った。

「私はギルド長と話してくる。レベッカは此処《ここ》で待て」

「あ、ち、ちょっと！」

止める間もなく、白髪メイドは二階へひらりと跳躍。冒険者達が唖然《あぜん》としている。

私は額に手をやり、幼女へ声をかけた。

「もうっ……レーベ、座って待ってましょう」

「♪」

設置されているソファーへ腰かけると、レーベが私の膝上に着席。

頭を撫《な》でていると、頭に二本の角を生やし、短い赤銀髪をした長身の少女が近づいて来た。

少女は両手を握り締め、緊張した面持ちで話しかけてきた。尻尾もあるし竜人――ギルドの制服姿なので、職員のようだ。

「あ、あの……」

「何かしら？　新米じゃないわよ」

歳《とし》のせいか、よく間違えられるのだ。

すると、職員は意を決した様子で、口を開いた。

「あ、貴女様《あなたさま》は、特階位冒険者の【雷姫】様でしょうか？　二年前まで、ユキハナの冒険者ギルドに所属されていた……？」

「………そうだけど」

『!?』

聞き耳を立てていた者達がざわつく。

ユキハナを拠点にしている、冒険者の最上位は第五階位前後。

特階位がギルドへやって来るのは、まずない出来事だろう。

少女が尻尾を揺らしながら名乗ってくる。

「わ、私、ニフテナ・イオ、といいます。ジゼル先輩の後任で……」

「ああ、なるほどね。レベッカよ。この子は」

「レーベ♪」

幼女は小さな手を挙げ、ニコニコ。

様子を窺《うかが》っていた冒険者達すらも、和ませる。

すると、目の前の少女はとんでもないことを聞いてきた。

「もしかして……お子さん、ですか……？」

『！？！！！』

先程とは比べ物にならない程のどよめき。

「【雷姫】って結婚してたのかっ⁉」「まだ十代じゃ……」「相手は誰なんだ？」「そりゃ、お前、帝都の腕利《うでき》きだろうよ」

私は軽く左手を振り――

『！』

ギルド内に紫電を駆け巡らせた。一瞬で静寂が満ちる。

少し大きめの声でジゼルの後輩さんを注意。

「……ニフテナ、だったかしら？　貴女《あなた》も冒険者ギルドの職員なら、言葉には気を付けなさい。この子は親戚の子よ」

「ご、ごめんなさいっ！」

竜人の少女は深々と頭を下げる。冒険者達も身体《からだ》の硬直を解き、再び話し始めた。

「……で？　私に用事があったんでしょう？」

「あ、は、はいっ！」

あたふたしながら、少女は封筒を取り出した。受け取り、聞く。

「……ジゼルから？」

「はい。『レベッカさんは、必ず冒険者ギルドに立ち寄ります。その時に捕まえてこれを渡してください。必ずです』と書かれていました。……帝都で、雷龍素材の競売が行われていると聞いていたんですが、何かあったんですか？」

『〜〜っ！』

「！　バカ！」

迂闊《うかつ》な一言を窘《たしな》めるも、時既に遅し。

冒険者達が三度騒ぎ始めた。「雷龍って……」「ギルドの報告書には書いてあったけど、本当だったのか……」「私達だって、何時かは！」。……はぁ。

「あ……わ、私、また……あわわ、どうしたらぁぁぁ」

ニフテナが蒼褪め、狼狽《ろうばい》。

竜人って世界樹に引き籠っている【龍神】を崇《あが》める勇猛果敢な部族って、聞いていたんだけど……調子が狂うわね。

膝上のレーベは尻尾に合わせて、楽しそうに身体を傾けている。

幼女の頭をぽん、としながら回答。

「……人生には色々あるのよ。本当に色々と、ね。ああ、来たみたいね」

「へっ？」

少女が呆《ほう》けた直後、ギルド内に轟音《ごうおん》が響き渡った。

『！』

自分の身長よりも長い魔銃を持ったエルミアが二階から顔を出し、冒険者達へ命令。

「――五月蠅《うるさ》い。散れ。レベッカ」

「はいはい」

レーベを膝から降ろし、立ち上がる。厄介事が発生したらしい。

私は長身のギルド職員へ話しかけた。

「ニフテナ、ジゼルへ最速の飛竜便で伝言を送っておいてくれる？」

「は、はい！　内容は……」

ほんの少し頭の中で考える。えーっと……。

「『私は少しユキハナに滞在するわ。競売の件は全部任せるから、好きにして』」

「わ、分かりましたっ！」

「よろしくね。御礼《おれい》に一つだけ助言してあげる。ギルド窓口を信頼出来ないと、冒険者は悩んでしまうわ。だから――」

「！」

少女の額を手で軽く打つ。視線を合わせ、伝える。

「堂々と、出来れば明るく、正確な情報を伝えるようにしなさい。楽観も悲観も、どちらも冒険者を死なすわ。忘れないで」

「は、はいっ！　ありがとうございましたっ！」

ニフテナは頬を染め、何度も頭をさげてきた。

手をひらひらさせながらレーベと階段を登っていくと、魔銃を仕舞った姉弟子がギルド支部長の執務室を開けニヤニヤしていた。

「家猫、遅い。姉弟子を待たせるのは大罪――少しはお姉さんになった？」

「べ、別に遅くないでしょう⁉　も、もうっ！」

反論しながら部屋の中へ。エルミアが扉を閉めた。

椅子に腰かけている半妖精族の男性へ会釈。

「御無沙汰しています、ギルド長」

「うむ……活躍は聞いておる。僅か二年で特階位にまで至るとは！　君の活躍を聞き、うちのギルドに所属する者も増えた、感謝している。かけてくれ」

若い冒険者が多かったのは私のせいだったようだ。

エルミアが目を細め、紐《ひも》に結ばれている白木の小箱を執務机上に置いた。

「──社交辞令はお仕舞い。本題」

微《かす》かに漏れ出た魔力で私の身体が勝手に警戒。レーベが後ろに隠れる。

「！」「……ママ」

私は姉弟子へ確認。

「……エルミア」

「ん。説明して」

エルミアがギルド長を促した。

疲れた様子で、身体を椅子の背もたれに預け、話し始める。

「大陸最東端の凱《がい》帝国から昨日届いた物だ。エルミア殿宛で差出人の名前はなく、紐に魔力で付いていたのは」

淡い紅色の小さな花を小箱の上へ落とした。

「六花の花弁《はなびら》？」

「秋津洲にだけ咲く花。差出人は分かる」

何時《いつ》になく渋い顔……エルミアをしてこんな表情にさせる、と。

ギルド長へ聞いてみる。

「箱の中身は確認されたんですか？」

「まさか。私は一介のギルド支部長に過ぎぬよ。手に余り過ぎている」

ハルと姉弟子を除けば、ユキハナで一番強いだろう練達の魔法士は強く否定。

私はレーベと手を繋《つな》ぎながら、名前を呼ぶ。

「エルミア」「ハルと一緒に開ける」

「……そうね」

中身が予想通りの物ならば……私達だけで開けるのは危険性が大きい。

ギルド長は見るからに安堵《あんど》し、道具袋を取り出した。

「ふぅ……肩の荷が降りた。ハル殿とエルミア殿の留守中、大陸各地から多くの物品が届いておる。南方大陸の品もあったな」

「へぇ……」

その名の通り、南神海を挟み帝国南方に位置する南方大陸は沿岸部を除けば未開の地で、戦乱が絶えない。

二年前に出会った栗鼠《りす》族の乾物屋さんの出身地だったような……姉弟子へ目線を向ける。

エルミアは頭を振り、小箱を指で叩《たた》いた。

「聞いていない。でも、目星はつく。きっと先兵。……この箱と同等程度には厄介。『吾輩《わがはい》は闘争を求めているっ！』とか叫びながら、良からぬことを企《たくら》んでいる。三味線の材料にしておくべきだったかもしれない」

「？　しゃみ？？」

ハルの教え子達は大陸全土に散っている。中には南方大陸に渡った人もいるのだろう。

エルミアは小箱と道具袋を手に取り、書面を手渡した。

「ギルド本部へ連絡。大乱の兆《きざ》しがある。警戒を」

「！　何と……」

ギルド長の安堵が一変、深い憂慮。私も口を挟む。

「【盟約の桜花《おうか》】にも同様の書面を。ハルからも連絡はいっているみたいですが、認識は合わせておいた方がいいと思います」

「…………承った。至急連絡しておこう」

ギルド長は重々しく首肯し、エルミアが口角を上げる。

「子猫も少しは賢くなった。千尋の谷へ叩き落としても良い？」

「落とすなっ！」

「姉弟子の愛は受け取るべき」

「あ、愛なの……？」

も、もしかして、私を強くする為《ため》に……？

エルミアが真面目な顔で続ける。

「ん――谷の底には龍の群れを配置する。正に無償の愛」

「だ、騙《だま》されないわよ！　真面目な顔で言えば、納得すると思っているんでしょう⁉」

指を突きつけ、まくし立てるとエルミアはつまらなそうに舌打ち。幼女を抱きしめる。

「ちっ。可愛《かわい》くない。レーベはこんなに可愛いのに」

「？　エルミア、ぎゅー♪」

「ぎゅー」

エルミアとレーベが抱きしめ合う。

……はぁ。怒っている私が馬鹿みたいじゃない。

ギルド長へ向き直り、告げる。

「二年前の『悪食《あくじき》』。迷宮都市の『大氾濫』。それらを企てた犯人は、同一集団です。ユキハナで、もう一度何かを企てるとは思いませんが、警戒は怠らないでください」

＊

「おかえり、遅かったね」

「マスター♪」

辺境都市外れの廃教会へ戻り、洗面所で手を洗い、住居空間へ進むとエプロンを身に着けたハルが出迎えてくれた。

すぐさま、レーベが黒髪眼鏡の青年に抱き着く。

――何だかとっても懐《なつ》かしい。

エルミアと一緒に挨拶。

「ただいま。レーベを案内していた」「ただいま〜。ハル、飲み物ある？」

「珈琲《コーヒー》を淹《い》れておいたから、氷を入れてお飲み。クッキーも焼いておいたよ」

「！」

ハルの珈琲とクッキー！

世界の全てが集まると謳《うた》われる帝都でも、決して手に入らない――私が夢見た品々だ。

愛剣を椅子に立てかけ、急いで椅子に着席。

テーブルに置かれた金属製のポットから氷を取り出し、グラスへ入れる。

——カラン。いい音。

嬉《うれ》しくなってしまい、いそいそと珈琲を注ぎ、飲む。

「はぅ……」

心が満たされ、思わず息を零《こぼ》した。

隣に座った、レーベが珈琲を見て目をパチクリ。

「まっくろー?」

「レーベも飲んでみたい?」

「♪」

「……少しだけよ?」

グラスに多めのミルクと砂糖を足し、手渡す。

レーベは興味津々《きょうみしんしん》な様子で飲み干した。

「~~~っ! ……う~、ママ」

「あ、苦かった?」

「ふふ。レーベは、エルミアと同じ果実水の方が良《い》いね」

ハルが笑いながら、爽やかな柑橘類《かんきつるい》の果実水が注がれたグラスを姉弟子と幼女の前に置き、ハーブを添えた。

「何か届いていたかい？」

「ん。大半は倉庫へ入れておいた。後で確認して」

「問題は……」

エルミアが白木の小箱を取り出し、差し出した。

ハルが受け取り、目を細める。

「……これは？」

「秋津洲から。アザミだと思う」

姉弟子の言葉を受け、青年は首肯。アザミ？

眼鏡を直し幼女を呼んだ。

「みたいだね。レーベ」

「☆」

虹彩《こうさい》の光と共に、幼女が魔杖へと姿を変えた。

青年は魔杖を一回転。軽く小箱に触れた。

――紐が外れ、膨大な魔力が噴出。

「っ！　こ、これって……!?」

咄嗟《とっさ》に立ちあがり、愛剣の柄《つか》を握り締める。

エルミアも魔銃こそ喚び出していないものの、臨戦態勢。

魔杖の宝珠が七色の光を放ち、小箱の魔力を抑えにかかる。

束《つか》の間拮抗《まきっこう》し――……収束。

ハルが小箱を右手で取り、開けた。

――取り出されたのは、小さな硝子瓶《ガラスびん》とほんのりと翠《みどり》に染まっている便箋。

硝子瓶の中には深紅の砂？　が込められている。

「ふぅ……帰宅早々、肝が冷えた。もう大丈夫だよ」

魔杖が消えるもレーベの姿はない。疲れて眠ってしまったようだ。

あの子を一瞬で消耗させるなんて……。

戦慄を憶《おぼ》えつつ椅子に身体《からだ》を預け、師へ尋ねる。

「ハル……それって……」

「《女神の遺灰》――秋津洲にあった物みたいだね」

「っ！」

私は思わず息を呑《の》んだ。

――かつて、この世界には人を愛する【女神】が実在した。

彼女は【六英雄】を助け、世界を救い、【魔神】との戦いにも人の味方をしたが……最終決戦において消滅。

その際、遺《のこ》したとされるのが――《女神の遺灰》。

私の故国であるレナント王国を含め、帝国を除く大陸各国で広く信仰されている女神教では、聖遺物扱いされている伝説の代物だ。

……《魔神の欠片《かけら》》だけじゃなく、こんな物まで見ることになるとは思わなかったわね。

エルミアが静かに名前を呼んだ。

「……ハル」

「困った子だ。僕は『気を付けるように』とだけ、伝えたのだけれど……【万鬼夜行《ばんきやこう》】と遭遇戦をして、偶々入手したらしい。彼女の左目に《魔神の欠片》が埋め込まれているのも確認したそうだよ。追撃の為、南方大陸へ渡ったとある。あっちには七年前、秋津洲皇国、龍乃原の地において行われた天下分け目の戦いに敗れた強者《つわもの》達が渡り、傭兵《ようへい》になっている。その中に【万鬼夜行】と繋がりを持っている大物がいるんだろう」

「…………」

私とエルミアは沈黙し、内容を咀嚼《そしゃく》。

クッキーを食べ、珈琲を飲み、心を落ち着かせる。

そして、便箋を読んでいる師へ質問。

「ハル、その子は何者なの？　【万鬼夜行】って【十傑《じっけつ》】に数えられる妖魔の女王よね？　そんな存在と交戦して遺灰を奪い取るなんて……尋常じゃない。まして、今の言い方だと、《魔神の欠片》も狙っているんじゃない？」

眼鏡を外し、ハルは目を瞬《しばたた》かせた。珈琲を一口飲み、苦笑。

「いい子だよ。とても」「答えになってないわ」

即座に言い返す。

基本的にハルの教え子達は彼に忠実だ。私も含めて。

けれど、遺灰を送って来た子は独自解釈の下、積極的に行動しているように感じられた。

しかも、【十傑】と渡り合う程の腕利《うでき》き。放っておくには危険過ぎる。

ハルが頬杖《ほおづえ》をついた。

「……本当にいい子なんだよ。生まれ育ったのが過酷な境遇だったせいか、少しだけ僕の存在を重く見ているけれど」

「エルミア？」

私は沈黙している姉弟子へ視線を向けた。

残り少なくなったクッキーを、エルミアは口に放り込み、飲み込んだ。

「秋津洲最古の家『弓削《ゆげの》』。その唯一の生き残りにして【魔女】の末。八年前、サクラと同じ頃、ハルに拾われた。いい子ではある。けれど……少しだけ行動が過激。つまり、レベッカと同類の問題児！」

「なっ⁉　わ、私は【十傑】に挑む程、無謀じゃないわよっ！」

エルミアが不思議そうな顔になった。

「ハルに言われても？」

「言われたら挑むわよ」

そんなの当たり前だ。どうして『挑まない』なんて選択肢があるんだろうか？

白髪メイドは殊更ゆっくり首を振った。

「…………はぁぁぁぁ」

「ふ、深い溜《た》め息《いき》、吐くなぁぁぁ！！！！」

姉弟子の腕を叩《たた》こうとするも、一発も当たらない。

くっ！　こ、この、ちょこまかとぉぉぉ！

ハルが眼鏡をかけ直し、手を振った。

「アザミのことは一旦置いておこう。自重するよう手紙は書いておくよ」

「ん」「了解」

師の判断に、私達は一応同意する。

──何《いず》れ出会うことを確信しながら。

ハルがカップを掲げた。

「少し休憩だ。タバサ達が尋ねて来て以来、僕達は動きっぱなしだった。きちんと休んでおかないと、ここぞ！　で力を発揮出来ない。レーベも寝てしまったしね。まずは、グレン達の報告を待とう。【天騎士《てんきし》】と【天魔士《てんまし》】の訪問を帝国は無下にはしないさ。大宰相のディートヘルム君とは、僕も会ったことがある」

グレンとルナは一冒険者に過ぎない。

けれど、その名声は大陸全土に轟《とどろ》き、下手な小国の王族よりも社会的な立場は上。

彼等《かれら》の訪問を拒めば……大騒動になってしまう。

御伽話《おとぎばなし》扱いされがちな【十傑】の中で、実在が広く知られている二人の行動は目立つ。

帝国大宰相ディートヘルム・ロートリンゲンは、レナント王国、自由都市同盟相手に、巧みな外交を展開してきた切れ者として名高いし、変なことにはならないと思う。

普通に考えれば、ハルの言葉は現皇帝へと届く。

【大迷宮】でハルやタチアナ達が遭遇した七聖騎士の残りや、七聖魔士。それらを率いる近衛《このえ》騎士団団長と大魔法士。

そして——大英雄の称号を継いだ、『勇者』と『剣聖』。

帝国の誇る猛者《もさ》達と私達が激突したり、エルミアよりも過激らしい【星落《せいらく》】が暴れまわる事態には陥らない……筈《はず》。

私は何となく落ち着かず、剣の柄を握り締めた。

エルミアがハルの言葉を引き継ぐ。

「休むのは大事。レベッカ、今日は一緒にお風呂《ふろ》へ入って、一緒に寝る。これは姉弟子命令。拒否権はない」

「なっ！　そ、それはズルいんじゃないのっ⁉」

「？　入らないし、寝ない？？」

「………入るし、寝るけど。ハ、ハル！　笑わないでよっ！　あ、あと、どうして、女神教と帝国が関わるのは禁止なの？　まだ、私、理由をちゃんと聞いてないわよっ‼」

くすくす、笑っている黒髪眼鏡の青年を詰《なじ》る。

——【三神】と関わることを永劫《えいごう》禁ず。

『大崩壊』後ハルとロートリンゲン皇帝家が結んだ約定。

そこの中に、女神教との断絶まで加わるのに少しだけ違和感を覚える。

「……レベッカ」

エルミアが低い声で咎《とが》めてきた。聞いちゃいけなかった……？

「……」

師は沈黙し、眼鏡を外した。

──暫《しば》しの沈黙。

そして、初めて見る寂しそうな顔で私を見た。胸が締め付けられる。

「仔細《しさい》は省くけれど……『大崩壊』以前に存在した旧帝国、そして、当時帝国の国教だった女神教はね。『救済戦争』『魔神戦争』と、二度に渡って世界を救った【勇者】を──異端として処刑したんだ。その結果は悲劇だった。故に僕とアーサーは『帝国が【三神】と関わるのは禁止する』と約した。その場には、ラヴィーナも証人で立ち会っていてね……彼女は一つ口約束を加えたんだ。『帝国から女神教を永遠に排す』とね」

第2章

「変わってない。良かった……」

ユキハナの大通りから外れた路地にあるその店は、二年前と変わらず佇《たたず》んでいた。

木製の看板に書かれた店名は——定食屋『カーラ』。

私は嬉《うれ》しくなって振り向き、黒髪眼鏡の青年と幼女を呼んだ。

「ハル、レーベ！　早く、早く～」

「ふふ。レベッカ、はしゃぎ過ぎだよ？」「ママ、うれしそう～♪」

「し、仕方ないでしょう。久しぶりなんだもん！」

師を少しだけ睨《にら》み、熱くなった両頬に手をやる。

……あと、お邪魔なエルミアもギルドに行っていていないし。

店の中からは美味《おい》しそうな匂い——そうそう、この匂いよ！

近づいて来たレーベも私に抱き着きながら、興味津々《きょうみしんしん》の様子。二人で店内を覗《のぞ》き込む。

御昼時じゃないし、客はいないみたいね。幼女と目を合わせ、

「こんにちはー」

すると、明るく元気な声。

「はーい。ごめんなさい、もうお昼は終わって――え？」

出て来たのは、少し赤みを帯びた長い髪でエプロンを身に着けた女の子。

二年前よりも大人びて、背と髪も伸びている。

大きな瞳をパチクリさせ、私を凝視している少女へ微笑《ほほえ》む。

「久しぶりね――カーラ」

「レベッカさんっ！」

「わっ！」

カーラが突然、抱き着いて来た。

帝都へ行ってからも文通を欠かさなかったけど、この前、ユキハナに来た時は廃教会が冒険者の襲撃を受けたりして、顔を出す暇がなかったのだ。

……二年間で胸も育ったわね、この子。

私の感想に気付かぬまま少女は少しだけ身体《からだ》を離し、その場で跳びはねる。

「ど、どうして此処《ここ》にいるんですか⁉　レベッカさんは雷龍を討伐して、特階位になって、

【雷姫】様になって……えっと、だから、その、あの……驚きました！　あ、あと、この子は——ま、まさか、御結婚されて⁉」

「ち、違うわよっ！　……む、娘では、あるのかも、しれないけど……」

「？」

口籠る私をカーラが不思議そうに見つめて来る。

あ～……もうっ！　説明し辛《づら》いっ！

軽く手を振り幼女の頭に手を置き、説明。

「この子の名前はレーベ。元気そうで何よりだわ。ロイドさんは？」

「あ、呼んで来ますねっ！　きっと凄《すご》い喜びます。この前もハルさんに何度も尋ねてましたから。お父さーん‼」

そう言うと、カーラは店の奥へ舞い戻って行った。

店主のロイドさんも元気なようね。ハルも普段通っている、と。

表に丸刈りで頰に大きな傷跡がある、筋骨隆々の男性が出て来た。

ユキハナにいる頃、私が御世話《おせわ》になったロイドさんだ。引退する前は第三階位の冒険者だったらしい。厳《いか》めしい顔を微《かす》かに崩してくれる。

「——おう。戻ったか。活躍は聞いている。大したもんだ」

「はいっ！　ありがとうございます」

私は最敬礼。嬉しくて顔がにやけてしまう。

後方から穏やかな訴え。

「おや、ロイド。僕には挨拶してくれないのかい？」

「はっ！　てめえにそんなことする義理はねぇよ！」

「酷《ひど》いなぁ。やぁ、カーラ、元気にしていたかな？」

「はい、ハルさん♪」

青年と少女がほんわかとした挨拶を交わす。

……ふ〜ん。ハルとカーラはこの二年で仲良しになったみたいね。

ロイドさんが身を翻《ひるがえ》す。

「……昼はもう終わった。適当に作るから待ってろ。カーラ、手伝え！」

「あ、はーい。ハルさん、レベッカさん、レーベちゃん、待っててくださいねっ！　私も御料理、上手になったんです☆　——あ、それと」

赤髪の少女が両手を可愛《かわい》らしく握りしめ、決意表明。

そして、私の耳元に顔を寄せ囁《ささや》いてきた。

「（レベッカさん、ハルさんのこと、頑張ってくださいっ！　応援しています♪）」

「(！　カ、カーラ⁉)」

「うふふ～♪」

軽やかな足取りで、私の友人は調理場へ入っていた。

……見透かされていたらしい。もぅ。

ハルに背中を押される。

「！」

「レベッカ、一先《ひとま》ず座ろうか」「レーベ、ママのとなり～♪」

「そ、そうね……そうしましょう」

私はカーラの言葉で必要以上にドギマギしながらも、店内の椅子に腰かけた。

すぐさま幼女は私の左隣に腰かけ、楽しそうに辺りを見渡す。

調理場からは熱気と食欲を誘う良《い》い香り。お腹《なか》減ったぁ。

黒髪眼鏡の青年が虚空《こくう》から、分厚い紙の束を取り出した。

私は各テーブルに置かれているポットから、果実水をグラスに注ぎながら尋ねる。

「ハル、それは～？　はい、どーぞ」

「ナティアが調べてくれてね。ありがとう」

グラスを受け取りながら、ハルは紙を反転させて見せてくれた。

表題は──『魔神の欠片《かけら》及び女神の遺灰、その伝承について』

レーベの前にグラスを置き、パラパラと捲《めく》る。

「うわ……凄いわね」

そこには、大陸全土に及ぶ詳細な伝承記録の概略が記されていた。

帝都、そして迷宮都市で謎の黒外套《がいとう》達と交戦してまだ日は浅い。

にも拘《かかわ》らず、これだけの情報を纏《まと》め上げるなんて……。

目の端をある頁《ページ》の章題が掠《かす》めた。『【女神】と女神教及び帝国との関係』。

ハルがにこやかに、教え子を褒《ほ》め称《たた》える。

「あの子は今じゃ、僕よりもたくさんのことを知っているんじゃないかな？　後はもう少し人前に出て来てくれればいいんだけど……まぁ、時間が解決してくれるだろう」

「そういうものなの？」

「そういうものさ。育成者は嘘《うそ》を吐かないんだ」

「……うそつきー」「つきー」

私は娘と一緒にハルを詰る。

すると、師はわざとらしく肩を竦《すく》めた。

──資料へ目を通していると、カーラがトレイに大きなスープ皿を載せて、意気揚々とやって来た。

「お待たせしました～♪　定食屋『カーラ』特製海鮮スープと、海鮮炒《いた》めです☆」

「おお～」「わぁ～」「マスター、ママ、すごい！」

数多《あまた》の店がある帝都でも出会えなかった香りが鼻孔をくすぐる。

てきぱきと、料理を取り分けてくれる赤髪の少女へ、ハルが声をかけた。

「カーラ、お昼は済ませたのかな？　一緒にどうだい？」

「え？　ま、まだですけど。で、でも、わ、私は……」

「カーラの話、聞きたいわ」

即座にハルを支援。

赤髪の少女は二年前と変わらぬように、身体をもじもじ。

「レ、レベッカさん……で、でも……」

「ロイドさーん、いいですよね？」

「……好きにしろ」

調理場にいるロイドさんが即座に返事をくれた。

私はカーラへ微笑みかける。

「さ、座って。そして――この二年間のハルを教えてくれる？」

*

「──それで、ハルさんがコマオウマルさんを泣かせちゃったんですっ！」

私の目の前に座っているカーラが頰を上気させながら、力説してきた。

世界は広いようで狭くもあり……『コマオウマル』という子は、私がユキハナに居た頃、一度だけ冒険者ギルドで出会い、褒賞《ほうしょう》の金貨を押し付けた少年らしい。

少年はユキハナで仲間と共に強くなり、ハルの噂《うわさ》を聞きつけ挑み──コテンパンにされたそうだ。

……う～ん、ありそうな話ね。

私は食後に出された珍しい南方産のお茶を飲みながら、黒髪眼鏡の青年を詰問《きつもん》。

「被告人の自称【育成者】さん？　今の話は本当なのかしら？　反対意見があるのなら、聞いてあげる」

「レベッカは僕を信じてくれないのかい？　カーラ、そこのナイフを取ってくれるかい」

「あ、はーい」

ハルはカーラからナイフを受け取ると、瑞々《みずみず》しい林檎《りんご》を剝《む》き始めた。

レーベが椅子の上に立ち、皮へキラキラとした瞳を向けている。

一つ目の林檎を切り分け、二個目に取り掛かったハルが反論してくる。

「言っておくけれど、僕は手を一切出していないよ。本当だ」

「でも、その場から一歩も動かず、相手が疲れ切るまで待ったんでしょう？」

「……嗚呼《ああ》、レベッカ。人を疑うことを覚えてしまったんだね。帝都で大人の汚さを憶《おぼ》えてしまったみたいで、僕は悲しいよ。食べるかい？」

「大人になった、って言って！　うん♪」

口を開け、ハルがフォークで差し出してくれた林檎をかぷり。

とてもとても甘い――……はっ！

カーラが目を丸くし、満面の笑み。

「えへへ～♪　レベッカさ～ん♪」

「ち、違うのよ、カーラ？　こ、これは……そ、そういうわけ…………でもないんだけど、と、とにかくっ！　ち、違くて、あの……」

「カーラとレーベも食べるかい？」

「「は～い♪」」

「あーあー！」

しどろもどろになっていると、ハルは二人にも林檎を食べさせた。

私は頬を膨らませ、青年を睨《にら》み判決を下す。

「……有罪」

ハルは林檎を剝き終え、苦笑。

「酷いなぁ……僕だってあんなことはしたくなかったんだよ？　でも、秋津洲《あきつしま》の男の子、しかも、侍の子は自分を曲げないからね。やむに已《や》まれず、というやつさ」

「ふ〜ん」

『コマオウマル』は秋津洲皇国、しかも侍の出らしい。

私は頬杖《ほおづえ》をついた。

「で？　その子は結局どうしたの？　弟子にした、なんて聞いていないんだけど？」

「ああ、それはだね」

「私が引き取ったの〜」

店の入り口からのほほんとした声。

そこにいたのは、二人の男女だった。

灰髪灰髭《ひげ》で黒蒼《くろあお》の騎士服。腰に古い剣を提げている偉丈夫。

そして、白い帽子を被り茶髪を同色のリボンで一つ束。精緻な刺繍《ししゅう》のローブを羽織っている小柄なドワーフの少女。

私は驚き、名前を呼んでしまう。

「ルナ⁉　グレン⁉　ど、どうして、此処《ここ》に⁉　し、しかも、引き取った……って」

「そのままの意味～。コマは私の弟子なの～――お師匠♪」

一瞬でテーブル近くへ移動した大陸最強の魔法士たる姉弟子は、心底嬉《うれ》しそうにハルを呼んだ。

師の瞳にも深い慈愛。

「やぁ、ルナ。皇宮へのおつかい、すまなかったね」

「だいじょーぶ！　お師匠の為《ため》なら、国の一つや二つ、滅ぼしちゃうからぁ～☆」

「ははは、頼もしいね」

穏やかな会話だけれど内容が内容ね。本気だろうし。

片や大陸最強の騎士様は調理場を覗《のぞ》き込み、豪快に叫んだ。

「ロイド殿！　御久しいっ‼　御変わりないようで何よりだっ!!!」

「お前……………グレンか？　はっ！　まだ、生きていやがったとはな」

「うむっ！　自分でも驚いている。数十回は死にかかったがなっ‼」

「ぬかせ。息災で何よりだ」

普段は冷静なロイドさんが戸惑いながらも、嬉しそうに返答する声が聞こえた。

カーラが口元を抑え「……お父さんが笑ってる？」と驚いている。

ハルがテーブルの下を通り、膝上によじ登ってきたレーベをあやしながら、二人へ問う。

「さて──ルナ、グレン、御苦労様。こんなに早く帝都から此方《こちら》へ来てくれた、ということは、良くない報告かな？」

「……うん」「……はっ！」

大陸最強に名を連ねる、姉弟子と兄弟子の表情は深刻そのもの。

もしかして……帝国は、ハルの忠告を受け取らなかった？

ハルが幼女の名前を呼んだ。

「レーベ」

「♪」

「え？　ええ？　えええ⁉」

カーラが驚く中、レーベが魔杖に変化。

ハルは立ち上がり通路へ出ると、石突を突いた。空間に黒扉が浮かび上がる。

私達を見つめ告げた。

「此処で話すような内容じゃなさそうだね。人のいない場所へ行こうか。ロイド、カーラ、御馳走様《ごちそうさま》。また来るよ」

＊

黒扉を潜《くぐ》り抜《ぬ》けると——目の前には、白い砂浜と海が広がっていた。

人の気配は全くなく、建物どころか空と沖合に、飛空艇や船も一切見えない。

聞こえてくるのは、波と樹木がたてる音だけ。

私は魔杖を持った黒髪眼鏡の青年に尋ねる。

「え、えーっと……ハル、こ、此処は何処《どこ》なの？」

「帝国南西に位置する南神海の名も無き孤島だよ。大規模結果を張っているし、周囲には何も存在しないから、地図にも載っていなかったと思う」

「話をするなら、エルミアやタチアナと行った荒野でも良かったんじゃ？」

「暗い話を暗い場所で聞いたら、気が滅入《めい》るだろう？」

「…………なるほどね」

辺境都市ユキハナから南神海までは、飛空艇を使っても数日かかる距離だ。

本来、簡単に来れる場所じゃない。

でも……ハルだし？　と思ってしまう時点で、私も毒されたものね。

「お師匠～テーブルとか設営しちゃってい～？」

「うん。頼むよ。僕はその間、グレンの相手をしていよう」

「は～い」

ルナは元気に手を挙げ、虚空《こくう》からテーブルや椅子を取り出し、日除《ひよ》けの天幕を張り、過剰な程の魔法障壁を展開していく。

……グレンの相手？

兄弟子は潑剌《はつらつ》した表情でハルへニヤリ。

「では、師匠。お先に！」

「うん」

グレンはハルへ声をかけ、大跳躍。

離れた海面へ降り立ち、剣を抜き放った。まさか……模擬戦をするつもり⁉

目を凝らし、足下を見てみると——

「気闘術で水を弾き続けているわけ⁉」

「そうだね。前会った時よりも強くなっているみたいだ」

「………じ、冗談でしょう？」

ハルの回答を受け、余りの馬鹿馬鹿しさに呆《あき》れ果《は》てる。

——気闘術は魔法剣と並ぶ高位冒険者の切り札だ。

私は会得《えとく》していないので詳しくは説明出来ないけれど、身体強化魔法の最上位版だと思っている。でも、幾ら何でも……。

ハルの持つ魔杖が光を放ち——

「ママ♪」

「レーベ、お疲れ様」

幼女が抱き着いて来たので頭と背中を優しく撫《な》でる。

眼鏡の位置を直し、ハルが私に片目を瞑《つぶ》った。

「レベッカ、君は強くなった。けれど——まだまだ君は成長出来る。その一例を良《い》い機会だから見せておこう。模擬戦とはいえ、相手は【天騎士《てんきし》】。相手にとって不足はない。剣を貸してくれるかい？」

「うん！」

腰から雷龍の剣を鞘《さや》ごと外し、ハルへ手渡す。

「ありがとう。レーベ、危ないから椅子に座って観《み》ていようね」

「は～い♪」

「ルナ」

「こっちは任せて～。でも、程々にね？　相談しないといけないこともあるから～」

姉弟子は椅子に座り、足をブラブラさせながらハルに応じた。

テーブルの上では、炎の魔石で薬缶《やかん》が温められている。

頷《うなず》いた師の姿が掻《か》き消え——

「グレン、お待たせ」

「いえっ！　ふっふっふっ……一対一での稽古は久方ぶりですっ！　御報告前に存分に楽しませていただきますっ‼」

ますます魔力を増幅させているグレンと相対する形でハルが海面上空に転移。ほんの少しだけ浮いている。

青年は私の剣をゆっくりと抜き放っていく。

漆黒の剣身が深い深い黒紫に染まり、無数の稲光が飛び交う。

——雷の魔法剣。

剣を片手で構えたハルが微笑《ほほえ》み、紅茶を淹《い》れる準備を始めている姉弟子を呼んだ。

「ルナ」

「りょーかい～」

ドワーフの少女は左手を掲げ、

「開始」

一気に振り降ろした！

グレンが古びた騎士剣を上段に構え、

「まずは小手調べ！　むんっ！」

無造作に振り下ろした。技も何もあったものじゃない。

——が。

「っ！？！！」

【天魔士《てんまし》】の張った障壁を貫き、衝撃で天幕とテーブルや椅子が震え、思わず腰が浮く。

斬撃により、雲は引き千切れ、海も割れ、底が露《あら》わに。

「おっと！」

ハルは魔法剣で斬撃を受け止める。大気が震え、紫電が飛び交う。

【天騎士】の咆哮《ほうこう》。

「まだまだぁぁぁぁぁ！！！！」

二撃、三撃、四撃――数えきれない斬撃がハルへと襲い掛かる。

都度、黒髪眼鏡の青年も剣を振るい、潰していく。

ガタガタとテーブルや椅子が音を鳴らすも、張り巡らされた障壁の強度が増し消失。

姉弟子が溜《た》め息《いき》を吐く。

「はぁ……男の子って、どうしてああなのかしら～？　レベッカ、そう思わない～？」

「……そうね」

変わらぬ様子を見て、私も冷静さを取り戻し着席。

――数十の連続斬撃を防ぎ切ったハルが、呆れた顔でグレンへ問う。

「また……強くなったみたいだね？　【龍神】にでも挑むつもりなのかな？」

「はっはっはっ！　修行中の身故、それは未来の自分に任せましょう。――身体《からだ》が温まって参りました。少しばかり本気で行かせてもらいますっ!!!」

「なっ……」

今のが準備運動だったの!?

唖然《あぜん》としていると、ハルが私を見た後――グレンへニヤリ。

「良し。僕も珍しい技を見せよう」

ハルはそう言うと、剣を高々と翳《かざ》した。

空が突然、夜のように暗くなり——次の瞬間、

「！　ハ、ハル⁉」

青年を漆黒の雷が直撃した。う、嘘《うそ》でしょ⁉

目の前に白磁のカップが置かれる。姉弟子の落ち着き払った声。

「レベッカ、大丈夫よ～——お師匠は貴女《あなた》が思っている以上に、もっともっと、も～っと強いんだから☆」

黒き雷が集束。

【天騎士】もその脅威に対応すべく、魔力を更に高めていく。

——姿が浮かびあがってきた。私は呟《つぶや》く。

「黒い雷を身に纏《まと》って……？」

ハルは自分の身体に【黒雷《こくらい》】を纏っていた。

身体強化魔法の上位互換——気闘術と同種の技？

黒髪の育成者は剣を無造作に下げ、不敵に微笑む。

「——さて」「！　むぅっ！」

「少しばかり攻撃してみようか」

けたたましい金属音。

黒影を残しながらハルがグレンとの間合いを瞬時に殺し、横薙《よこな》ぎを放ったのだ。

……殆《ほとん》ど見えなかった。

攻防が入れ替わり、一転ハルの攻勢。剣と剣とが激しく切り結ぶ。

ハルは、私のお師匠様は強い。でも……その本質は魔法士の筈《はず》。

なのに、前衛最強と謳《うた》われる【天騎士】と接近戦をこなせるなんてっ！

二人の攻防から目を離せずにいると、ルナが紅茶を飲みながら、解説を始めてくれた。

「あれは【雷神化】。雷魔法を自分の身体に恒常展開させ、全ての反応を各段に上げる珍しい技ね～。大陸内だと実戦で使うのは極北にいる『雷狼《らいろう》』の一族か、彼等《かれら》に学んだ酔狂な人だけなんじゃないかなぁ？」

「……というか、そもそもハルが、その『雷狼』に教えたんじゃないの？」

「あり得るかも～。エルミア姉なら知っているかもしれないわね～」

今までで最大の金属音が響き渡り、ハルとグレンが互いに距離を取る。

服の各所に小さな傷を作った騎士が心からの賞賛。

「流石《さすが》です、師匠っ！　数多《あまた》の騎士、魔法士と戦ってきましたが……貴方《あなた》の【雷神化】こそやはり極致！　剣速には少々自信があったのですが、私もまだまだですなっ！」

「……普通の剣士なら短期戦でまず圧倒出来るんだよ？　じゃあ、次はこれだ」

ハルが困り顔になり、魔法剣を大きく振るった。

「むむむっ！」

剣身の黒き雷がその形を大きく変容。

無数の枝状となり、グレンを囲むように襲い掛かった。

とてもじゃないが……躱《かわ》すのは不可能。

すると、『騎士の中の騎士』と称《たた》えられる男は、犬歯をむき出しにし、

「ぬぉぉぉぉぉ！！！！！！！！！！！！！！！」

獅子吼《ししく》しながら突撃を敢行。数千、数万の攻撃を凌《しの》ぎながら前進していく。

珍しいことにハルが迷いの表情。

「隙ありっ！！！！！」

「！」

グレンは剣を両手持ちに変え、基本の上段斬り。

斬撃の嵐を切り裂き、ハルを無防備にさせると、海面を駆けに駆け――

「攻守交替と行きましょうっ！！！！」

「っ！」

剣の射程内へとハルを収め、流星の如《ごと》き連続斬撃。

今まで、剣で対応していた黒髪の育成者は、左手を振り各属性上級攻撃魔法を速射。

「効きませぬなっ！」

距離を取ろうとするが、グレンは攻撃魔法を剣で斬り捨て、それを許さない。

──身体が勝手に震えてきた。

世界は広く、上には上がいる。

私が目指さないといけない場所は──……遥《はる》か遠い。

お茶菓子のクッキーを取り出し、レーベを餌付けしているルナが教えてくれる。

「グレンは身体強化以外の魔法を殆ど使えないのよ～。だから──気闘術を極《きわ》め抜いた。近づいて、受けて、斬る。一度見た魔法は全部斬られるか、躱される。武器破壊もお手のもの。相対してみると恐ろしく厄介だよ～。防ぐには、ほら──よく見て」

騎士の連続攻撃の度、ハルの剣を纏っている黒雷が濃さを変えている。

私の声が戦慄《わなな》く。

「……受ける度、魔力の厚みを変えてるの……？」

自分で魔法剣を習得したから理解出来る。

魔法剣は強力だが、その反面、急速に魔力を消耗する欠点も併せ持つ。

それを防ぐ為《ため》にハルはああしているのだろうけど――……神業だ。

ルナが自分でもクッキーを食べながら零《こぼ》した。

「あんなこと、お師匠以外じゃまず無理。グレンと短時間でも切り結べるのは、大陸全体を見渡しても精々十数人って所だと思う。稽古相手にも事欠くくらいだし」

「……この模擬戦って毎回なの？」

「うん～あれはお駄賃。……今回は特に、帝国側の対応が酷《ひど》かったから」

「お駄賃？　あと、酷かった？？」

目の前の光景を見る。

沖合の巨大な岩礁が切り刻まれ、砕かれ、爆散。

炎波が海面を舐《な》め、数千の水槍《すいそう》がグレンを狙い、風刃は追い打ち。

海岸は針の山へと変わり、天から雷が降り注ぐ。

その中を、【天騎士《てんきし》】は子供のような無邪気な顔で走り抜け、ハルへ剣を振るっている。

……現実の光景とは思えないんだけど？

ルナが紅茶を淹れ始めた。

「さっきも言った通り～。グレンは強過ぎて稽古相手がいないの。だから、お師匠の頼み事を受けた後は稽古をつけてもらうのよ。……もう、帝国との約束事は聞いてる？」

「ええ。……その様子だと、不味《まず》い事態みたいね」

会話にそぐわない優しい花の香り。

私へカップを差し出しながら、姉弟子は顔を顰《しか》める。

「がっつりっ！　破ってるのが濃厚～。しかも、《魔神の欠片《かけら》》だけに飽き足らず……帝国上層部は女神教と接触している可能性があるみたい。【女傑】から【盟約の桜花《おうか》】に、それを匂わす依頼状が届いていたし」

「……………荒れそうね」

会釈《えしゃく》してカップを受け取り、私は口をつけた。

美味《おい》しい筈なのに、酷く苦く感じる。

そうこうしている内に、戦闘音が岸へ近付いてきた。

ルナが右手の人差し指を立て、一瞬で数百の障壁を再構築する。

僅かな間に数えきれない程、剣を合わせながらグレンの心底楽しそうな笑い声。

「御見事ですっ！　我が剣を【千楯】無しで防がれようとはっ！」

「……展開した途端、嬉々《きき》として斬るじゃないか。『魔力削りに効果的』と言って。普通は斬れないんだよ？」

「はっはっはっ！　大姐御《あねご》ならいざ知れず、師のそれならば不出来な弟子でもどうにか斬れます！」

ハルが疲れた表情で、魔法剣を振るいながら本音を零す。

「グレン……君が不出来だったら大陸上の騎士、剣士は全員失業だよ？　卑下するのは昔からの悪い癖だ」

兄弟子は剣を引き、距離を取って構え直しながら頷《うなず》く。

「御忠告、肝に銘じて。では——仕切り直しといきましょう！　今日こそ、その首を貰《もら》い受《う》けるっ‼」

「ふふ、物騒だね」

……首？

今、首って言ったわよね⁉

私が姉弟子へ訴えようとした、その時！

「あ～ちょっと……もうっ！　お師匠、またとんでもない子を」

突然、レーベが障壁に大穴を空けてハルの下へ駆け寄った。えっ⁉

グレンの前に両手を広げて立ち塞がる。

「……む？」「レーベ？」

「マスターはわたしが守る！」

幼女は強大な魔法を瞬間展開！

至近距離で、七つの魔法に囲まれたグレンの顔が引《ひ》き攣《つ》る。

「……師匠」

「何だい？」

「反則なのでは？　全属性特級魔法の同時零距離発動なぞ……死ねるのですが」

「……ふむ」

ハルが少しだけ考え込み――破顔。

「大丈夫！　グレンは強い子だ。紅茶の時間のようだしね。レーベ、撃っていいよ★」

「はいっ！」「師匠ぉ⁉」

【天騎士】は情けない悲鳴を上げながら、七光に飲み込まれていった。

……これ、死んだんじゃない？

＊

「ハハハ、見事にやられました！　レベッカに【雷神化】と魔法剣の形態変化を見せなが

ら、こうまでやられるとはっ！　暫《しば》しの間、滞在し、稽古をつけていただきたいのですが、帝国南方にて人を待たせておる身。真《まこと》、世界はままなりませぬなっ！」

普通なら骨の欠片すら残らない魔法を受けながら、椅子に腰かけたグレンが上機嫌に笑っている。ハルもどことなく嬉《うれ》しそうだ。

……別に嫉妬なんかしてないわ。

黒髪眼鏡の育成者さんは、レーベに抱き着かれている私へ片目を瞑《つぶ》り返した。

「グレン。君はもう僕を超えているよ。身のある稽古をしたいなら、帝国の『聖騎士』『聖魔士』、当代の『勇者』君や『剣聖』君を鍛えればモノにはなるんじゃないのかい？」

帝国には七人ずつの『聖騎士』と『聖魔士』がいる。

冒険者の階位で言えば、下位の者でも第一階位。上位は特階位に匹敵するらしい。

そして――『勇者』と『剣聖』。

かつての大英雄の称号を復活させた、帝国の切り札。

当代は、それぞれ単独で龍と悪魔を討伐した、と聞く。

グレンが顔を顰めた。

「……あの者達ではとてもとても。師匠も御謙遜が過ぎます。今の俺ならば、借り物の剣を使う貴方には勝てましょう。しかし……」

騎士がレーベへ目を落とし、頭を振る。

「その子を使い、御自身の【剣】を抜かれるのでは……決死の覚悟が必要です」

「決死なら勝てる、と、踏んでいるじゃないか。ルナ、弟弟子に何か言っておくれ」

ハルが苦笑しながら、姉弟子へ話を向ける。

紅茶を飲んでいたドワーフの少女はカップを置くと静かに、名前を呼んだ。

「グレン」

「な、何だ……？」

突如――グレンの剣に魔力の鎖が絡《から》みつき、囲むように巨大な十数の魔法陣が顕現。

中からは低い獣の唸《うな》り声。召喚術式！

「何時、何処《どこ》で、誰が、お師匠の首を狙っていい、と許可したのかしら？　そんなに遊びたいのなら……私が遊んであげてもいいのよ？」

「ま、待て！　待ってくれ‼　か、覚悟を持って挑む、という意味だっ‼　だ、誰が師匠のお命を狙うものか。第一、そんな事をしたら……【千射】や【星落《せいらく》】の大姐御に何度殺されるか分かったものではないっ！！！！！」

「あ～それは大丈夫。お師匠に手を出したら私が真っ先に消、わぷっ」

ハルがルナの帽子のつばを下ろした。左手の人差し指を立てて、二人を注意。

「ルナ、顔が怖くなっているよ？　グレン、君も言葉遣いには気を付けよう。君は騎士の中の騎士——【天騎士】なんだからね」

「はっ……」

「ルナも自覚をしよう。魔法士の中の魔法士——【天魔士《てんまし》】たる自覚を」

「……は～い」

【天騎士】と【天魔士】が同時に注意を受ける、か……。

称号の意味を知ってる人間なら卒倒するわね。

私はレーベの頭を優しく撫《な》でながら、視線を海へと向けた。

岩礁は悉《ことごと》く砕け、海岸線の形すら変わっている。

ただ、七属性特級魔法を同時発動した割に被害は少ない。

グレンが、半瞬だけズレた同時発動の合間に七つの魔法を斬ったのだ。

……差が認識出来るだけ、マシかしらね？

ハルが幼女へ話しかける。

「レーベ、可愛《かわい》い顔を見せてほしいな」

幼女が私を見て来たので頷く。頑張って！

今にも泣きそうな顔で、レーベはハルを見つめた。

「…………マスター、わたしいらない子？」

「まさか！　レーベがいてくれて僕は嬉しいよ。今度はきちんと助けてもらうからね」

「……うん。わたし、がんばる！」

レーベは嬉しそうに頷き、ハルに抱き着いた。

「いい子だ。さて、ルナ、グレン。報告を聞こうか。皇帝どころか、大宰相にも会えなかったみたいだね？」

「……うん」

「……申し訳ありません。『断られたら、伝えなくて良い』とのことでしたので」

「貴女《あなた》達との面会を断るなんて……誰が応対したのよ？」

私は半ば呆《あき》れながら口を挟んだ。

姉弟子がお茶菓子を食べながら、つまらなそうな顔になった。

「近衛《このえ》の十席前後～」

「……はっ？」

思わず、声が漏れる。

帝国近衛団の第十席。普通に考えれば帝国軍の超エリートだ。

でも、今回、皇宮に行ったのは誰あろう、【天騎士】と【天魔士】。

実力だけ考えれば聖騎士や聖魔士よりも数段格上で、帝国が鬼札扱いしている『勇者』や『剣聖』ですら、グレンに歯が立たなかったのは帝国にいる人間なら誰もが知っている。

その二人を応対したのが……一介の近衛騎士？　あり得ない！

ルナがハルへ向き直る。

「お師匠～……強攻して直接渡した方が良かった？　最低でもディートヘルムへ」

「ルナ、そうしたら帝国相手の大戦だよ」

「……そうなるかも。お師匠、これはメルから。【盟約の桜花】に届いた依頼状の写し」

ルナが沈痛な表情になり、内ポケットから書面を取り出す。

――片刃の剣と魔杖。ロートリンゲン帝国皇族印だ。

ハルが眉を曇らせた

「……カサンドラからだね。帝国上層部が女神教と接触している疑いがある、と…………そうか……帝国は、もう僕やラヴィーナとの約束を忘れてしまったのか……」

黒髪の青年は寂しい表情を見せた。

心臓がぎゅっと締め付けられる。同時に――湧き上がってきたのは強い憤《いきどお》り。

この人は、私の師匠は、私が大好きな人は、何時でも笑っていないと駄目なのだ。

子供じみた、馬鹿みたいな願いなのは分かってる。けどっ！

「ハル、いったいどういう事なの？　状況が飲み込めないわ。ルナと、グレンが門前払いを受けたのもだけど……約束事なら何かしら書面で残っているものじゃないの？」

「紙に残すのは、当時エルミアやラヴィーナ達が猛反対して、諦めたんだ。アーサーも嫌がっていた。『破る者が現れたのなら、見捨ててもらって構わない』とね。第五代皇帝の時にも提案したのだけれど、同じことを言われたよ。『それこそが我が一族に残された数少ない誇りなのです』って」

帝国第五代皇帝。今から七十年以上前の人物だ。

やっぱり、ハルは人じゃないのかもしれない。関係ないけど。

西都産の若返り薬を今から集めて……でも、あれ？

私は素直に質問する。

「ねぇ……前皇帝の信任状は持ってたわよね？」

「うん」

「…………」

先代まではハルの名前を出すだけですんなりといったものが、駄目になっている？

そして、当代になってから……十年も経《た》っていない。

ルナが苦虫を噛《か》み潰した表情で、私と同じ結論を出す。

「当代皇帝にはお師匠のことがうまく伝わっていないんだと思う。依頼状に書かれていた女神教と接触している帝国上層部って……もしかしたら」

「皇帝本人、かもしれない、ってこと!?」

私は立ち上がり、悲鳴。

初代皇帝が結んだ約束を、当代皇帝自身が破る。

歴史を繙《ひもと》けば幾らでも転がっている話かもしれないけど……だけど。だけどっ！

「……そうであれば、厄介ですな」

グレンが腕組みをし、後を引き取る。

ハルはレーベの頭を優しく撫でていたが、静かに口を開いた。

「ルナ、グレン、君達のことだから、皇帝に会えなかったからといって、それだけで済ましてはいないね？」

「うん。ディートヘルムへ伝えるようには頼んできたけど～」

「伝わらないでしょうな。後から聞いた話では、帝都にもいなかったようなので」

帝国大宰相は激務。

この数年は厄介な諸外国との外交を大宰相が。

内政を皇帝と副宰相が担当していると聞いている。……構図が見えて来たわね。

ハルは姉弟子達へ会釈《えしゃく》。

「報告ありがとう。ルナ、グレン、無駄な時間を使わしてしまったね」

「お師匠の為《ため》だから～。あ、帝国を潰す時は私が先陣を切るわ」

「ははは。師匠の前衛は俺だと決まっている」

「ハルの『剣』は私よっ！」「レーベも！　マスター守る！」

私達は次々と決意表明。

――今はまだ届かなくても、その場所だけは譲れないっ！

ハルが珍しく照れる。

「……ふふ。ありがとう。ただ、帝国へ直接何かをする気はないよ。それだけ時間が経った、という事さ。人にとって二百年は長い。女神教については、もう少し情報を集めてみよう。だけど――……この二つの件は別だ。捨て置けない」

そう言うとハルは胸元から、二片の黒い宝石とポケットから小瓶を取り出した。

――《魔神の欠片《かけら》》と《女神の遺灰》

「迷宮都市の件でレベッカは分かったと思う。これはあの黒外套《がいとう》達が【全知《ぜんち》】の子だったとしても復讐《ふくしゅう》に使うような代物じゃない。下手をすれば……世界を滅ぼしかねない。本意ではないけれど僕も欠片を集めている。遺灰も出来る限りそうした方が良さそうだ」

ルナが目を細めた。

「……制御は～？」

「ハナとナティアに依頼してあるよ」

「……ふ～ん。そっかぁ」

姉弟子は何とも言えない表情になり、俯《うつむ》いた。

ふと、王都にいる妹を思い出す。

もう、会うこともないだろうけど……たった一人しかいない妹を忘れたことなんかない。

ハルが背筋を伸ばした。

「――ルナ、グレン」

「はい」「はっ！」

すぐさま、姉弟子達が呼応。

「君達は他の誰よりも多忙だ。けれど……」

「お師匠～」「師匠」

「一言、命じて」「『世界を敵に回しても、全てを集めよ』と！」

二人は満面の同時に凶悪な笑みを浮かべ、胸を張った。

……冗談には全く聞こえないわね。

ハルが大袈裟《おおげさ》に両手を広げた。

「……困った子達だ。では、お願いするよ。ああ、世界は敵に回さないように」

「は～い」「かなり面白そうなのですがね」

「大変だよ？　これはナティアがまとめてくれた、欠片と遺灰に関する伝承と推察だ。こっちはアザミからだ。秋津洲の西府で【万鬼夜行《ばんきやこう》】と交戦したらしい」

ルナがナティナの報告書をパラパラとめくり、次いで封筒に目を落とした。

二人が強い不満を表明。

「お師匠は～あの子に甘過ぎると思う」

「うむ。師匠、黒外套共よりも、奴《やつ》の方が世界にとって脅威なのでは？」

「駄目だよ。そんな事を言っちゃ。あれで可愛いところもあるんだから」

「お師匠を大好きだし、尊敬してるし、命も渡せるし……愛してるけど」

「賛同しかねます。師匠の言いつけを破るつもりはありませんが……目に余る。何《い》れ必ず騒乱の中心となりましょう」

大陸最強の前衛後衛がここまで嫌悪感《けんお》を露《あら》わにする相手……どんな子なのよ？

ハルが二人へ淡々と告げる。

「その時はその時さ。……アザミは旧友の忘れ形見だ。そして、僕は託された。あの、龍乃原の地で。行く末を見守るのは最低限の責務だと思う。もう二度と表舞台に関わるのは御免だけどね。だからこそ、ロートリンゲンや他家との付き合いを控えたんだ」

龍乃原……秋津洲皇国で七年前に起こった決戦の地？　だったかしら？

その決戦にハルは関わり、以来、帝国やシキ家を始めとする大財閥との付き合いも控えるようになった、と……。

姉弟子達が頭を下げ、謝罪する
「……申し訳ありません」「……出過ぎた物言いでした」

「いいよ。ありがとう――一先《ひとま》ず、今の僕達が打破しなければいけないのは、黒外套達による【魔神】復活の防止。そして、ラヴィーナの説得だ」

ルナとグレンの顔が曇る。

「……姉様の説得」

「……困難極《きわ》まるかと思うのですが……。難易度的にはエルミアの大姐御《あねご》の説得に匹敵するかと。何せ性格の根っこは実の姉妹のように似ておりますからなぁ」

眼鏡を外し、布巾で拭きながらハルが呟《つぶや》く。

「……エルミアは『黒様』呼びを止めてくれたんだけどね。連絡を取ろうとしているのだけれど、音沙汰はないよ。ラヴィーナはアキを強く慕っていた。女神教が関与していると聞けば、帝都へ星を落としかねない――僕からは以上だよ。他に何かあるかい？」

「――……ん」

砂浜に降り立ったのは、長い白髪でメイド服姿の姉弟子――エルミアだった。

手には魔銃【遠かりし星月】。グレンの顔が引《ひ》き攣《つ》る。

「こ、これは、大姐御……御機嫌」

「良くない。グレン……誰と誰の根っこが似ている……？？　ん？？？」

「そ、そそそ、それは…………」

グレンの身体《からだ》が壊れた玩具のように、震え始める。

ルナが立ち上がり、にこやかに挨拶。

「お師匠～♪　私も帰るね～☆　何時でも呼んでね！」

「うん。コマによろしく」

「ル、ルナ！　弟弟子の窮地を救うは姉弟子の義務ではないのかっ⁉」

「妹弟子は～姉弟子の味方だからぁ～☆　エルミア姉様ぁ、頑張ってください」

「うなっ⁉」「――ん。グレン、来い」

姉弟子が大人と子供程違う大きさのグレンの胸元を摑《つか》み、海岸へ引っ張っていく。

……可哀想《かわいそう》に。でも、言ったのは事実だし？

私はハルとレーベと一緒に見学――背を押された。ふぇ？

「ハ、ハル……？」

「レベッカも参加しておいで。さっきの復習をしてみよう。強者との戦いで得られる経験値は膨大だ。支援魔法は七重掛けしておいたから、死にはしないよ――多分だけど」

「た、多分って、何よっ！　多分って⁉」

エルミアが魔銃を肩に置き、私を呼んだ。

「甘え過ぎなにゃんこ、とっとと来い。帝都のジゼルから分厚い手紙が来ていた。私は後輩想《おも》い。無念を晴らす」

「⁉　ううう……」

ジゼル！　そ、それは反則なんじゃないのっ⁉

私は仕方なく、エルミアと顔面を蒼白《そうはく》にしているグレンの傍《そば》へ。

振り返ると――依頼状を読む、ハルの大人びた横顔が見えた。

メル

「……はぁ……本当にこれで良かったんでしょうか？」

帝都。【盟約の桜花《おうか》】副長室で、私は今晩何度目になるか分からない呟きを零《こぼ》しました。

執務机上の書類仕事は全く進んでいません。

入浴を終え、寝間着姿のタバサがソファーから話しかけてきました。テーブルの上には、分厚い古書が数冊置かれています。

「メルさん、大丈夫ですか？　さっきから、ず〜っと！　独り言を言ってますよ？。昼間、クランホームへ来て、ニーナのお菓子をやけ食いしていたジゼルさんみたいです」

「……タバサ」

妹弟子の言葉を受け、ハッとします。

いけません。迷いが顔に出てしまっているようです。

タバサが私を見つめます。

「私はロスさんの下された判断、正しいと思います。メルさんとトマさんまで皇宮に行かれてしまったら、クランの指揮を誰も執れなくなっちゃいますし」

弟弟子であるロスの下した判断通り、サクラ、ファン、リル、ロスの四名は、カサンドラ・ロートリンゲンからの依頼内容を聞く為、現在皇宮へ出向いています。

帝都にいる幹部全員を一度に送り込むのは悪手。タバサの言う通りなのでしょう。

「……そうですね。ありがとう。賢くて明るい妹弟子を持った私は幸せ者です」

「前向きなのが取り柄ですからっ！　難しいことは、ニーナに全部お任せですっ！」

「あ、いいですね。タバサ、ニーナを私にくれませんか？」

「⁉　だ、駄目ですっ」

「え～いいじゃないですかぁ。タバサもうちのクランに入れば、万事解決！　私は書類仕事を全部押し付け——こほん。任せて、前線で自由気儘《きまま》に戦えます☆」

「は、入りません。……入りませんよっ⁉」

からかうと楽しい妹弟子と戯《たわむ》れていると、ノックの音。

「失礼致します——御二人で何の話をされていたんですか？」

入って来たのは、タバサとお揃《そろ》いの寝間着姿の少女でした。私も作ってもらいたいです。

「あ、ニーナ♪」「ニーナ！　危ないっ！」

タバサが自分の専属メイドへ駆け寄り、立ち塞がります。

「腹黒副長さんの甘言を聞いちゃ駄目っ！　ニーナは私のメイドさんなんだから。メルさんも、と、取っちゃダメですっ！」

「……タバサお嬢様」「うふふ♪　りょーかいです☆」

ニーナが頰を薄《う》っすらと染め、私はそんな妹弟子の反応を見てニマニマ。

ハル様はここまでを見通し、二人を私達へ預けたのでしょう。

さっきまでの不安が消え、私はソファーに腰かけ尋ねます。

「タバサの方はどうですか？　進捗ありましたか？」

「……御父様と御祖父様の話し合いは終わったみたいです。今は生前、御祖母様が収集された資料の精査を。少しでも情報を得ないと」

「必要な予算は、此度《こたび》の雷龍素材の競売用予算がそっくりそのまま投入されるとのこと」

シキ家はハル様がタバサへ託した依頼――《女神の涙》を研磨する、を全力で果たすみたいですね。良き判断です。

私は荒れていた冒険者ギルド職員から聞いた話を零します。

「ジゼルさんに聞きましたが……雷龍の肺は、【武器蔵《ぶきぐら》】のヴォルフ家が過半を得たみたいですね。レベッカが自由に出来る分も含めれば、独り勝ち、でしょうか」

「飛空艇の建造現場、見たかった――……」

「タバサ?」「タバサお嬢様?」

突然、妹弟子が黙り込み、無言で窓の傍へと向かいました。

――瞳に紋章が浮かび上がっています。

手を掲げ、外に見えるレベッカが魔法でへし折った陽光教《ようこうきょう》の大尖塔《せんとう》を指差します。

「【星落としの魔女】――……あ、あれ? わ、私、何を??」

闇夜に小さな影が動いた気がしました。

私とニーナは意識が戻り小首を傾《かし》げているタバサを見やりつつ、呟きます。

「今のは……?」「人が見えたような……?」

胸が再びざわつきます。

……嫌な……とても、とても嫌な予感がします。

【女傑】からの依頼状が届いた後、伝手《つて》を使い皇宮内部を探《さぐ》らせました。

結果は衝撃的。

当代皇帝、副宰相、近衛《このえ》騎士団団長、大魔法士に、女神教との接触の強い疑義あり。

ハル様、どうか……どうか、サクラ達を御守《おまも》りください。

満月の下で今晩も白く輝く皇宮を見つめながら、私は、かつて、私を地獄の戦場で救ってくれた師へ強く強く祈りを捧《ささ》げました。

帝国大宰相　ディートヘルム・ロートリンゲン

「……何だと？　叔母上が？　今すぐにか？」


帝国南部国境から軍用飛竜で帰還し、皇宮の執務室へ直行した私――帝国大宰相ディートヘルム・ロートリンゲンは、執務室の机上に堆《うずたか》い山を形成している書類を見ないようにしながら、黒髪で薄化粧の女性秘書官へ尋ね返した。

手帳を捲《めく》り、眼鏡を直しながらきびきびとした様子で答えてくる。

「はい。昨日、北方から突如戻られ、『大宰相が帰還次第、可及的速やかに話し合いたい事あり』との連絡が。最優先かつ最重要事項とのことです」

「ふむ……」

白の顎鬚《あごひげ》をしごき、考える。

あの御方が……【女傑】と謳《うた》われ、大陸で知らぬ者なぞいない英傑であり、高齢とはいえ未《いま》だ英明さを損なわれておられない半隠居状態だった叔母上が、自由都市同盟との紛争を解決してきた、帝国大宰相を強い口調で呼びつけてまで伝える必要がある案件。

……碌《ろく》なモノではあるまいな。

今晩は、妻と子供達の顔を見られると思っていたのだが。

執務机に両肘を突け、才覚において疑う余地もない美人秘書官へ問う。

「……私が帝国南部へ出向いている間に何か異変があったか？」

「特段は。レナント王国との小競《こ ぜ》り合いが数件報告されていますが、東部国境には【黒天《てん》騎士《き し》団】主力が常駐しております。大規模侵攻は不可能かと」

【黒天騎士団】――大陸最強と名高き傭兵《ようへい》集団であり、赫々《かっかく》たる戦果を挙げてきた。

彼等《かれら》の存在故に、帝国東部国境は安んじられている、と言っていい。

団長を務めている【天騎士】も信頼出来る人物であり、今頃は南方へ一部部隊と共に進出。自由都市同盟内の過激派連中に対する示威行動の最中だ。

机を指で叩《たた》く。

「……対王国政策、ではない。ならば、ラビリヤの一件か？」

先日、迷宮都市の『大迷宮』から無数の魔物が溢《あふ》れ出し、あわや大惨事となる所だった、との報《しら》せは受けている。

聖騎士の一人と部隊が巻き込まれた、とも。

何故《なぜ》そんな場所にいたかは不可解であるし、調査せねばなるまいが……帝都にまで出て来て、強い口調で私を呼び出すような内容だろうか？

秘書官は手帳を捲り、否定した。

「『大氾濫』は冒険者達の奮戦により解決。後の調査でも異常は見られないとのことです」

「報告を受けた時は肝が冷えた。上位冒険者達が集まっていたのが幸いだったな。そうでなければ、今頃はお互いラビリヤで陣頭指揮だったたろう」

「はい。ですが……」

常に冷静沈着、優秀さを示し続け、何《いず》れは息子の嫁に……と、密《ひそ》かに考えている美人秘書官は憂いの表情を浮かべた。

……思い当たるものがない、か。

「困ったものだな」

小さく零し、椅子の背もたれに身体《からだ》を預ける。私とてもう齢《よわい》五十を超えた。

隠居して庭造りに精を出したいのだが……まぁ良《い》い。

叔母上の設計された内庭は一見の価値がある。

当代の皇帝や副宰相は興味がないようで、ロートリンゲン家の者が代々自ら手を加えてきた、伝統は途絶えてしまっているが……それでも、だ。

外交交渉という、弓箭《きゅうせん》や魔法が飛び交わぬ冷たき戦場で荒ぶった気を、小言を聞き静めるのも悪いことではない。

席を立ち、決定を告げる。

「よし！　では行くとする。夜の予定は全て取《と》り止《や》めだ」

「はい。護衛は誰を？」

秘書官は荒事が本職ではない。

それに……今回は相手が相手。連れて行くわけにはいくまい。大袈裟《おおげさ》に手を振る。

「いらぬ。ここは帝都皇宮、その最奥《さいおう》だぞ？　十重《とえ》二十重《はたえ》に張られた戦略級結界と、一騎当千の近衛騎士や近衛魔法士に守られている。ここまで侵入出来るのは、それこそ【十傑《じっけつ》】に列《つら》なる者達だけだ」

「『皇族の方は皇宮内を移動する際も、必ず護衛を』。閣下が制定された規則ですので」

白髪が増えてきた頭を掻《か》き乱《みだ》し、舌打ち。

椅子にたてかけておいた、片手剣を腰に提げる。

「……そうだったな。分かった、だが、仰々しくはするな。聖騎士やら聖魔士なんて付けるなよ？　『勇者』『剣聖』なんてのも論外だ！　奴等《やつら》には帝国の敵を討ち、臣民の心を安らかにする任があるのだ」

七名ずつが任じられている、『聖騎士』と『聖魔士』と、その指揮下部隊。

そして、古《いにしえ》の大英雄の称号を継いでいる『勇者』と『剣聖』は、近衛騎士団団長と帝国大魔法士が直率する純粋な武力としては『帝国最強』。

先代皇帝陛下御健在の折は帝国のみならず大陸各地に派遣され、字義通り『帝国の守護神』として、事変を未然に防いでいたものだ。

しかし、昨今は帝都から殆《ほとん》ど動かず、遊兵化してしまっている。

……だからこそ、聖騎士【鉄壁】と白銀隊がラビリヤへ派遣された、との報せには驚かされたわけだ。近衛騎士団団長と大魔法士が何かしらを陛下へ吹き込んだのだろう。

叔母上の一件が済み次第、確認しておかねば。

女性秘書官が代案を提示する。

「では近衛から一隊を」

「誰だ？」

「近衛第十席が率いる隊です。隊長の名はオスカー。兵からの叩き上げのようです」

「ああ……聞いたことがある。かつては冒険者だったらしいな」

二百年前の『大崩壊』以降、帝国は民間からの人材登用に力を注いできた。

レナント王国や自由都市同盟であれば、冒険者だった者が近衛騎士に任じられることはまずない。

これこそが、帝国が世界最強国家であり続ける力の根幹なのだ。

定めしアーサー・ロートリンゲンの偉大だったことよ！

私は重々しく秘書官へ命じた。

「では、急ぎ伝達せよ。『隊内の内、最も信頼出来る騎士、兵を選抜、護衛せよ。見聞したことは、当然であるが他言無用』とな」

＊

「ディートヘルム、端的に問います。貴方《あなた》は——貴方達はこの国をいったいどうするつもりなのです？」

身を貫かれる程鋭い叱責が、周囲に響いた。

魔力灯の下、季節の花が月夜に咲き乱れている、此処《ここ》は皇宮奥に設けられたひっそりとした内庭。

設計された御方の精神を現すように、真《まこと》に美しい。

その片隅に設けられた屋根付きの一角で木製の古い椅子に座り、私を待っていたのは皇族とは思えない質素な服を着つつも、溢れる気品さを隠せていない老婦人だった。

高級品に見えるものは、耳に着けているイヤリングと白髪を結う紫のリボンだけだ。

――【女傑】カサンドラ・ロートリンゲン。

齢七十は超されている筈《はず》だがそうは見えず。眼光は鋭い。

現役時は穏やかだった先々代を支え、時に苛烈極《きわ》まりない判断を下されたとも聞く。

こちらが知らぬ情報を、一早く手に入れていることといい、それに対して即座に行動することといい……【女傑】は未だ健在か。

極秘裏な話し合いのようで、普段如何《いか》なる場所でも叔母上に付き従っている、メイドのテアの姿もない。

私は少し離れた場所にいて、緊張仕切った様子で整列している近衛騎士達を見やった後、深々と頭を下げ素直に答えた。

「申し訳ありません。質問の意味が理解出来かねます。南方より帰還したばかりでして、叔母上の命を聞き、取り急ぎ参上した次第」

「南方の一件は御苦労でした。が……本当に何も聞いていないのですが？」

叔母上の声色は冷たく、同時に……信じ難《がた》いことに焦燥。

かつて、レナント王国、自由都市同盟をして『かの者、健在である限り、失地回復は不可能』と嘆かせたこの御方が？

吹雪の如《ごと》き視線を受け、頬を冷や汗が伝う。

「私も北方の隠居の身。帝都に来たのも七年ぶりの為《ため》、情報を得るのが遅れました。万が一、真実であるならば……亡国の危機です」

「なっ⁉　流石《さすが》にそれは」

「私の言葉が信じられないと？」

「…………」

【女傑】の言葉に沈黙を余儀なくされる。

所詮、平時の宰相に過ぎぬ身。百戦錬磨の英傑に適《かな》うべくもない。

呼吸を落ち着かせ、問う。

「では……いったい、何をお聞きしたのですか？」

叔母上の瞳が微《かす》かに揺らいだ。幼き頃の愛称。

「――ディート、貴方は、初代様を終生助け続けた御方の話を聞いていますね？」

胸を叩き、頷《うなず》く。

「無論です。何度あの口伝をお祖父様や父から聞かされたとお思いですか？　遥《はる》か昔、この身が未だ一介の書生だった時分、御祖父様に連れられお会いしたことも――……お、お待ちを。よもや……あ、あの御方からの、ハル様からの手を振り払ったのですか⁉」

立ち上がった途端、ガタッ、と音を立て椅子が倒れた。

勝手に身体が震え始め、止まらない。

『彼《か》の者、我が終生の友にして、大恩ありし救国の師なり。彼の者の言、我が言葉として聞くべし。さもなくば……帝国に禍《わざわい》が降りかからん。これを末の代までの口伝とす』

『大崩壊』から帝国を立て直したアーサー・ロートリンゲンは、今際《いまわ》にそう遺言を残した。

代を重ねる毎《ごと》に関わりは薄くなり、直接会った者も少なくなっているが……皇族であれば、幼い頃より必ず強く言い聞かされることに変わりはない。

叔母上は沈痛な表情になられ、顔を伏せられた。

「……貴方の留守中、二人の使者殿が来たようですが、陛下は面会すらしなかった、と。しかも、上層部の中に《魔神の欠片《かけら》》を探し、女神教と接触している者もいるようです。『亡国』の意味、理解しましたか」

身体に電流が走った。人生で経験したことが無い程に狼狽《ろうばい》し、叫んでしまう。

「⁉　馬鹿なっ！！！！　過去の事例から考えれば使者殿は、大陸でも名が知られた人物の筈です。し、しかも、《魔神の欠片》と女神教ですとっ！　て、帝国は既に二度、あの御方との約定を破っております。さ、三度目ともなれば、【星落《せいらく》】の魔女が──」


「遅くなりましたっ！」


快活な声が内庭に響いた。

視線を向けると、石廊を抜けやって来たのはすらりとした長身で金髪の青年だった。

身内贔屓《びいき》かもしれないが美形と言って良いだろう。能力も悪くはない。

父親である我が兄を突然亡《な》くし、若くして国を継いだ後もそつなく政務をこなしている。

そうこの男こそ、我が甥《おい》にして──叔母上が立ち上がり、頭を下げられた。

「……皇帝陛下」「陛下」

「御祖母様。叔父上。ここには我等しかおりませぬ。普段通りの口調でお願いします」

青年は手を振りながら、笑みを浮かべながら私達の傍《そば》へ。

──帝国第八代皇帝リーンハルト・ロートリンゲン。

内庭入り口にいる護衛は……何だと？

怪訝《けげん》そうな視線が気になったのだろう、リーンハルトが反応。

「副宰相、それに近衛《このえ》騎士団団長と大魔法士殿が五月蝿《うるさ》いもので」

甥が連れて来ていたのは二人の若い男女だった。

男は黒髪に黒瞳。身に纏《まと》っているのは黒鎧。腰には魔剣。歳《とし》は確か……二十四だったか。

――『剣聖』クロード・コールフィールド。

帝国魔導院によって見いだされ、僅か十五で『剣聖』位を受けた剣の申し子。

ただし……個としての『帝国最強』はその隣にいる美少女の方だ。

長い白金髪に黒い瞳。純白の鎧《よろい》を身に着け、皇帝陛下より下賜《かし》された聖剣を腰に提げている美少女の名は当代『勇者』レギン・コールフィールド。

クロードと血は繋《つな》がっておらず、同じ孤児院出身だと聞いている。

私は甥を叱責。

「だからといって……あの二人は我が帝国にとって、極めて重要な」

「分かっております。分かっております。――それで、御祖母様、何用でしょうか？」

皇帝は軽く私をあしらい、叔母上に向き直った。

【女傑】は瞑目《めいもく》し――静かに問いを発する。

「……リーンハルト、貴方は『初代様の遺言』を聞き覚えていますか？」

「？　――……ああ、例の。父上から幼い頃、何度も聞かされました。懐《なつ》かしい……それがどうかされましたか？」

「では……何故《なぜ》、使者殿に会わなかったのです。また、貴方の命で、迷宮都市へ聖霊騎士と一部隊が派遣され、女神教とも密《ひそ》かに接触をしているとか？」

　叔母上の氷の刃の如き視線が甥を射貫く。

　すると、リーンハルトは頰を掻き、両手を軽く掲げた。

「その件ですか。いやぁ、困ったなぁ……つい先日まで北方にいたのに、よくご存じで」

　――自分がどういう状況に置かれているのか、理解していないようだ。

　ティーポットを手に取り、自分でカップへ紅茶を注ぎながら信じ難《がた》い言葉を口にする。

「遺言が、我が一族に代々伝わってきたのは承知しております。けれど、本当の話とは到底思えません。【天騎士《てんきし》】と【天魔士《てんまし》】が来たと、聞きましたが問題はないでしょう。所詮は冒険者。そのような者達と一々会う程、私は暇ではありませんよ。追い返す指示を出した近衛騎士団団長と大魔法士の判断は正しいかと。迷宮都市への派遣命令を承認し、女神教との関係改善を試みているのも事実です。……失礼ながら、時代は進んでいる。口伝なぞに国政を縛られるわけにはいきませぬ。【魔神】と【女神】。何《いず》れは【龍神】も。我が帝国を更に発展させる為ならば、使えるものは使う所存。副宰相達も同じ意見です」

「馬鹿なっ！！！！！」「…………リーンハルト」

私は思わず悲鳴を上げ、叔母上の顔も蒼白《そうはく》になっている。

それは怒りであり、深い深い絶望。

――【天騎士】と【天魔士】が使者となる。

そのことの意味、よもや分からぬとはっ！

皇宮内の反対意見を無理矢理にでも押し切り、実際の戦場を見せておくべきだったっ。

戦場での【天騎士】を見れば、このような愚かしい判断は絶対に――

「あはは。だから黒様は甘いんだよね。どうせこうなるのに。まぁ、よく保ったほうかな？　今も昔も皇帝が愚か者だと大変だ。手加減はしないけれど」

『！』

突然、頭上から若い女の嗤《わら》い声が降って来た。

……待て。

此処は皇宮最奥《さいおう》。戦略結界に守られている地だぞ？

自分が先程秘書官へ発した言葉が脳裏をかすめた。

『侵入出来る者は【十傑】ぐらい』

『勇者』と『剣聖』、近衛騎士達が剣を抜き放ち、魔法を展開させながら周囲を取り囲む。

——突如、空が紅黒く染まり狂風。花が舞い散る。

前方の花園の中に現れたのは黒ローブの魔法士。

フードを被《かぶ》っていて表情は窺《うかが》いしれないが、女であることは分かる。

な、なんという魔力なのだ！　そ、底が、底が見えぬっ！

『剣聖』クロードが切迫した声を発した。

「レギン！」「了解」

『剣聖』と『勇者』の姿が掻《か》き消える。

——つんざめく金属音。

空中の女は手すら翳《かざ》さず、二人が左右から放った斬撃を素手で受けていた。

「……へぇ」

「「っ！」」

極寒の呟《つぶや》きと共に紅黒い魔力の奔流が巻き起こり、二人を石廊まで吹き飛ばす。

太い石柱がへし折れ、轟音《ごうおん》。な、何という……。

凄《すさ》まじい憤怒《ふんぬ》の叫び。

「私に立ち向かわせるのが、紛《まが》い物《もの》の『勇者』と『剣聖』とはね。やっぱり、君達は度《ど》し難い。一度滅んだだけじゃ分からないなら――……もう一度滅べばいい！」

「ぐっ！」

咄嗟《とっさ》に魔法障壁を張り巡らせるも、次々と崩壊していく。

相手は魔力を叩《たた》きつけているだけ。……このままでは。

「あ……え………？」

甥は瞳を恐怖に見開き命を発することすらも出来ない。

叔母上が左手を掲げられ、呆然《ぼうぜん》としている近衛騎士達へ命じられる。

「陛下と大宰相の退避を」

「叔母上！」「は、はっ！」

私の言葉に応えず、叔母は凜《りん》と佇《たたず》まれ内庭へ降りられた。

顔面を蒼白にした若い近衛騎士が動けないリーンハルトと私の手を引く。

「陛下、閣下、此方《こちら》へ！」

「あ、ああ……」「駄目だっ！　叔母上を」

「──……馬鹿だなぁ」

『っ！？！！』

内庭全体に紅黒い暴風が吹き荒れ、行動を阻害される。

耐え切れない近衛騎士達が意識を喪《うしな》い、倒れていく。

「がふっ……」

「陛下！」『！』

甥も意識を保てず、その場に倒れ込む。

慌てて近衛騎士達が救助を開始する中、女はフードを外した。

蒼《あお》銀髪に深紅に染まった瞳。絶望すら生温《なまぬる》い……魔力の差。

こ、この者は……この者はっ！

「誰も逃がす筈《はず》ないじゃないかぁ。初めまして、愚か者の蛆虫《うじむし》共。私の名前はラヴィーナ。ラヴィーナ・エーテルハート。【星落】の魔女だよ。短い間だけどよろしく。すぐに、さよなら、だけどね」

近衛騎士　オスカー・マーシャル

その女が嘲笑《あざわら》いながら名を告げると、我が小隊全員が絶句した。

辛《かろ》うじて、かつて対龍戦闘すらも生き残った歴戦の下士官が進言してくる。

「マ、マーシャル隊長、あいつはマズいですぜ……桁違いの化け物です。俺達じゃ……」

「……分かっている」

こいつらとて近衛の精鋭。

数多《あまた》の修羅場を潜ってきているのだが……余りにも衝撃的過ぎる。


――【星落《せいらく》】。


その名を知らぬ者など大陸にいようか。

老若男女《ろうにゃくなんにょ》、身分の貴賤《きせん》に関係なく、魔女が示すのは……ただ平等なる『死』。

龍や悪魔は恐ろしい。奴等《やつら》が暴れ始めれば喰《く》いとめるのは至難。

なれど──犠牲を覚悟に挑めば、軍単位であれば対抗は出来る。

だが……【十傑《じっけつ》】が相手では……。

せめて、『勇者』様と『剣聖』様が復帰するまで、時間を稼がねば。

魔女が口を開いた。

その視線が捉えているのは──カサンドラ・ロートリンゲン様だ。

「口伝というのは怖いよね。代を重ねるごとに全体がぼやけていく。『約束を忘れた時は、私が再度聞きに行く』と私はあの時……泣き虫アーサーが死ぬ間際《まぎわ》に警告したよ。ま、『口伝』という限定条件を付け、魔法で縛ったのは私なんだけどね。でも、約束がある以上、手出しは出来なかったんだ。ありがとう。【魔神】や女神教に手を出し、黒様の忠告も聞かないでくれて。御礼《おれい》に──一発で帝都ごと消えるか、じわじわと嬲《なぶ》られるか、選ばせてあげるよ。ねぇ、どっちがいい？」

表情に浮かんだ微笑には何の躊躇《ためら》いもなく、純粋。故に恐ろしい。

こいつは──本物だ。

本物の……【星落】の魔女だ。

御伽話《おとぎばなし》で語られている、恐怖の存在そのものだ！

曰《いわ》く「『大崩壊』以前、幾つもの小国をたった一人で、一夜の内に滅ぼした」
曰く「『龍神』と世界樹を守護せし龍騎士の一隊を、笑いながら全滅させた」
曰く「初代帝国『勇者』と仲間達を蹂躙《じゅうりん》し、圧殺《あっさつ》した最後の魔女の一人」
過去数百年に亘《わた》って、大陸中を震撼《しんかん》させてきた化け物。
身体《からだ》の震えが激しくなってゆき、歯が鳴る。
だが……俺は、オスカー・マーシャルは栄えある近衛《このえ》騎士っ！
その役目は、皇帝陛下とその御一族を守り、帝国を守ること！
視線を下士官へと向け、意思を伝える。皆、蒼褪《あおざ》めながら頷《うなず》いてくれた。
――……すまない。
カサンドラ様の前に回り込む為《ため》、身体を強引に動かそうとした――その時だった！
魔女の後上方に剣を振りかぶる黒い影。
『剣聖』様の奇襲！
先程よりも速く、かつ込められている魔力が増大している。
「……ん？」
魔女は小首を傾《かし》げ、斬撃を喰らう前に姿を消した。転移魔法！

内庭の地面に深い跡が走り、皇宮の石壁を斬り崩す。

目に見える程の圧倒的な黒き魔力を身に纏《まと》い、『剣聖』様が魔剣を構えられ、上空を睨《にら》みつけられる。

そこには浮遊する魔女の姿。

「……ふ～ん。そんな薬まで使っているんだ」

「【星落】様、どうかお怒りを御鎮《しず》め、っ」「なっ！」

カサンドラ様が説得を試みようとされ、大宰相閣下が驚く。

『剣聖』様が魔女目掛け、容赦なく魔剣を横薙《よこな》ぎしたからだ。

黒き剣身が長く伸び、上空の魔女を切り裂き――消失した。

瞳を血走らせる青年が周囲を警戒。

「……で？」

「！」

一切の気配無く、女は『剣聖』様の間際に出現。

剣身を素手で摑《つか》み、

「！？！！」

無造作にへし折った。想像を絶する剛力！

それでも、折れた魔剣と腰の短剣を抜き放ち反撃に転じられたのは『剣聖』としての矜持《きょうじ》故か。

――しかし。

黒の魔力に覆われた剣と短剣は紅黒い炎に飲み込まれて、消失。

虫を払うかのように左手を振り、

「がっ！」

『剣聖』様は魔力風をまともに受け警戒の尖塔《せんとう》に叩きつけられた。大穴が穿《うが》たれる。

魔女が手で埃《ほこり》を払う。

「この程度で『剣聖』？　あの人に、黒様に、全ての始末を押し付けて、約束を破って手に入れた力がこの程度なわけ？　……ふざけるなっ！！！！！！！！！！！！」

大気と地面が震え、紅黒い夜はますます、その色を濃くしていく。

カサンドラ様が叫ばれる。

「オスカー！　陛下達を！　貴方《あなた》達も下がりなさいっ！」

「！　は、はっ！」「お、叔母上、い、いけませんっ」

名前を呼ばれたことに驚愕《きょうがく》しつつも身体を動かし、最早《もはや》、自力では動くことも出来ない大宰相閣下を退避させようとする。

魔女が帝国の大英傑を睨みつける。

──その瞳には涙。

「さっきの言葉は取り消すよ。君達には地獄すら生温《なまぬる》い。あの人を蔑むかの如《ごと》き言動。今の紛い物。元々の罪とを合わせて……万死に値する。楽には死なせないよ？　嗚呼《ああ》！　やっぱりあの時……アキ姉の件があった時、綺麗《きれい》さっぱり、何もかも消しておけば良かったっ！　たとえ、あの人に怒られても……こんな、こんな思いをするのなら………」

そう言うと魔女は嗚咽《おえつ》を漏らし、泣きじゃくり始めた。

な、何なんだ？　こいつは、いったい、何なんだっ⁉

茫然《ぼうぜん》とする俺達に対して、カサンドラ様が小さく零《こぼ》された。

「間に合っていただけましたか」

──内庭に五人の男女が降り立った。

白金髪の美少女メイドがカサンドラ様へ駆け寄り、身体を支える。

「……テア」

「カサンドラ様！　【盟約の桜花《おうか》】の皆様方をお連れしました」

『！』

【盟約の桜花】——大陸全土にその武名を轟《とどろ》かせる精鋭クラン！

冒険者だった頃、散々名を聞き顔も見知った恐るべき実力者達。

そうか……カサンドラ様は襲撃を予期されて。

長く美しい黒髪を紐《ひも》で結わえた女性剣士——【舞姫】サクラ・ココノエが腰から長大な刀を抜き放ちながら、魔女へ厳しい口調で問いを発した。

「急《せ》かされて来てみれば……ねぇ、何やってるわけ？」

——内庭全体に氷華が舞い始めた。

淡い蒼金髪で魔法士のローブを纏ったハイエルフの美少女——【氷獄《ひょうごく》】のリルが魔杖を抱え、沈痛な顔になる。

「ラヴィーナ……気持ちは痛い程分かる。私もこんな愚かしい国、滅ぼしてしまいたい。でも、貴女《あなた》がそんなことをしたら、ハル様はとてもとても悲しむ……」

魔槍を回転させ、軽鎧《けいがい》を身に着けた短い青髪で長身の青年——【烈槍《れっそう》】ファン・ブラントが前傾姿勢。

「……教え子同士の殺し合いは、信念を懸けた戦いじゃない限り御法度《ごはっと》。あんたには修行時代、世話になった。殺《や》り合いたくはねぇ。一旦でいい。退いてくれねぇか？」

後方で魔杖を振り、見たこともない支援魔法を展開し始めている栗色《くりいろ》髪の青年は……噂《うわさ》に聞く【戦術家】か？

「大先輩の貴女と戦うのは本意じゃありません。……同時に、今は大戦乱の時代でもないんです。帝国を潰すと言われるのなら僕等は止めなくてはならない。帝国に生きる、普通の人々の暮らしを守る為に」

「………………」

魔女が袖で涙を拭った。

ふわり、と浮かび上がり――

『っ！』

紅黒い空に無数の禍々《まがまが》しい星が生まれ始める。

絶対的優位を確信している強者《つわもの》の宣告。

「面白いね……君達みたいな未熟者が、私を……黒様と共に戦うことを許された、このラヴィーナ・エーテルハートを止めるだって？　やれるものなら、やってみるといい！」

直後、無数の星々が内庭へ降り注いだ。

【舞姫】が腰の脇差を抜き放ち叫ぶ。

「行くわよっ！　馬鹿姉弟子の目を覚めさせるっ‼」

「「「了解っ！」」」

四人の練達の冒険者達もまた自らの魔力を解放。魔女へと挑みかかっていく。

――そのまるで英雄譚《たん》の如き光景を、私達はただ呆然《ぼうぜん》と見つめることしか出来なかった。

第3章

【武器蔵《ぶきぐら》】当主　フリッツ・ヴォルフ

「では、昨晩、皇宮が――皇帝陛下が襲撃を受けた、というのは本当なのだな？」

早朝、帝都の屋敷《やしき》に設けられた秘密部屋で緊急報告を受けた私――十大財閥筆頭、【武器蔵】当主フリッツ・ヴォルフは改めて尋ね返した。

我がヴォルフ家の経済的重心は帝国南方。

にも拘《かかわ》らず、中央に位置する帝都にその本拠地を構えるのには理由がある。

その中でも最大のそれは――情報伝達の早さ。

特に帝室絡《がら》みは各段に早く、対応が取りやすい。

報告書を捲《めく》りながら、南方大陸出身の女性秘書官レビ・レデは頷いた。礼服に短い黒髪と褐色肌が映えている。

「はい。現在、皇宮は『勇者』『剣聖』を含む、聖騎士と聖魔士の過半及び近衛《このえ》騎士団が守護につき、帝国各地からも戦略予備部隊の移動を確認しております。先遣部隊の一部は今日にも帝都へ到《いた》る模様。規模は――準戦時規模です。飛空艇、飛竜便等《ひりゅうびんなど》の運航も、制限が通達されつつあります」

信じ難《がた》い話に私は額を抑える。

久方ぶりにもたらされた龍素材――中でも、飛空艇建造に必須で稀少《きしょう》な龍の肺を競《せ》り落とした高揚感は霧散し、胸にあるのは重苦しさだけ。

「……よもや、皇宮が襲撃を受けるとは。六十数年前に起こった、【龍襲事件】以来だぞ。襲撃者は何者だったのだ？　当然、討伐されていよう？」

「…………」

冷静沈着かつ優秀な我が秘書官の顔に躊躇《ためら》いが生じた。

近くの椅子に座っておれている総白髪の老父――先代当主ハインリヒ・ヴォルフと、経験を積ませる目的で同席させた長男アレクシスも訝《いぶか》し気だ。先を促す。

「どうした？　此処《ここ》にいるのは私達だけだ。遠慮しなくていい」

「……俄《にわ》かには信じ難いのですが、襲撃者は【舞姫】様、【烈槍】様、【氷獄】様。そしてその仲間であったと。現在は全員拘束されている模様です」

想像だにしていなかった言葉に、私は目を瞬《しばたた》かせる。

……【盟約の桜花】がそのような馬鹿げた行為をしたと？

老父へ視線をやると、固く目を瞑《つぶ》られ黙考されている。

私はレビの言葉を否定。

「誤報だろう。お前もよく知っていようが……彼女達は、世間の一部で言われているような無法者ではない。第一、どのような嫌疑があると言うのだ？」

「分かっております……【舞姫】様と【烈槍】様は命の恩人ですから。しかし、昨晩、激しい戦闘があったことは確実。皇宮奥は半壊状態のようです。引き続き情報を収集し」

「いいではありませんか、父上。そのような者達のことなど。それよりも皇帝陛下へ拝謁し、ヴォルフ家の忠誠を示すべき良き機会かと」

レビの報告を遮ったのは、今年で十八になるアレクシスだった。

表情は自信に溢《あふ》れ、商機を見出《みいだ》した喜びに満ちている。

我が息子ながら機を見る才はある。普段ならば、私とて同調するやもしれぬ。

が……分かっておらぬっ！　まったくもって、分かっておらぬっ‼

今回の案件は――

「………」

「フリッツ、それと――アレクシスや」

「「はっ！」」

椅子に腰かけ黙考していた老父、ハインリヒが口を開かれた。

自然と背筋が伸びる。引退としたとはいえ、その知啓と威厳に曇りなし。

「この件……軽々に動くべきではなかろう。何が起きたのかは分からぬが、我がヴォルフ家にとって、【舞姫】殿と【烈槍】殿は恩義ある御仁方。その方々がこのような事件に巻き込まれたかもしれぬ時、金儲《かねもう》けに走るは――我が家の為すべきことに非《あら》ず」

「ですが、お爺《じい》様。ここで皇帝陛下へ存在感を示せれば、我が家は更なる繁栄を得られましょう！　好機をむざむざ捨てるなぞ……商人として恥ずべきこと、かとっ！」

アレクシスが頬を紅潮させ祖父に異を唱えた。

……馬鹿息子めっ！　私は秘書官へ目配せ。

レビは嵐の予感を察知し「失礼致します」。静かに部屋を退出した。

老父の全てを見通す冷たい瞳が私を貫く。

「……フリッツ。よもやとは思うが、まだ教えておらなんだか？」

「まさか！　とうの昔に伝えております！」

私は慌てて否定。

【武器蔵】に生まれた者には、後世に語り継がねばならない口伝が存在している。

それを蔑《ないがし》ろにするものは――才あろうとも決して当主の座につくことは出来ない。

老父が目を細め、緊張した様子の息子を呼んだ。

「そうか……アレクシス」

「はいっ！」

瞬間、悟る。嗚呼《ああ》、これは大嵐が来る。

覚悟を決め、腹に力を込め――


「このっ、大馬鹿者めがっっっっ！！！！！！！！！！！！！！」


「「っ！」」

雷の如《ごと》き凄《すさ》まじい怒号を、老父は発した。

漏れ出た魔力の衝撃で棚や机が震え、本や花器も床に落下する。

小柄な父の何処《どこ》にこんな声が納まっているのか不思議に思う。

当主を引退した後は好々爺《こうこうや》そのものだったのだが……致し方あるまい。

案の定、アレクシスは顔面を蒼白《そうはく》にし、震えあがっている。

父が目の前の机に拳を叩《たた》きつけた。

「貴様、我がヴォルフ家の家訓を何と心得ておる！　『受けた恩義は決して忘れるな。たとえ、その相手が忘れていようとも――……我等は決して、決して忘れるな』。初代様も、曽祖父も、祖父も、父も、そして――この儂《わし》もっ！　その教えを忘れず、懸命に生きてきたからこそ今があるのだっ！　我等は十大財閥筆頭、なぞともてはやされるような存在ではないっ！　ただ、人の縁に恵まれた。それだけに過ぎぬっ。まして、【舞姫】殿と【烈槍】殿は、帝国南方の地で魔物の群れに囲まれ、全滅必至だった我が輸送隊を御自身の命も顧みずお救い下さった大恩人ではないかっ！　それを貴様は…………フリッツ」

「は、はっ」

剣の如き鋭き視線を突き付けられ、冷や汗が止まらない。

凍《い》てつきそうになる辛辣な叱責。

「貴様……いったいどういう教育をしておる。我がヴォルフ家を絶やす気か？」

「も、申し訳ありません」

「…………で、ですが、皇帝陛下の、御心証が悪くなることは、我が家にとって……」

アレクシスが涙ぐみながらも、反論しようとする。

──その意気や良し。

だがな、息子よ。この案件はもっと根深きモノぞ？

老父が当主時代を思わせる口調で、獅子吼《ししく》した。

「関係無しっ！【舞姫】殿程の方々が拘束された、というのは解《げ》せぬ。が、あの方々の師であるハル殿は、教え子を捕えられて何もしない御方ではないっ！　対応を誤れば、帝国は泡沫《うたかた》の幻の如くとなろう」

「な、何を仰《おっしゃ》っておられるのですか？　て、帝国が……まさか、そんな……しかも、『ハル』とはいったい……？　ち、父上……」

息子が狼狽《ろうばい》し、縋《すが》るように私を見てきた。静かに問う。

「アレクシス、私が夜話で話した内容を覚えてはいるか？」

「？　どういう──……ま、まさか、初代様のお話ですか？　で、ですが、あれは単なる御伽噺《おとぎばなし》でしょう？　あの内容を信じるのであれば、『千射夜話』が実際にあった話だと信じる方がまだ、真実味があります」

私も最初は信じられなかった。

しかし、あれは私達の先祖が実際に経験した事実。

今より二百年以上前、黒髪眼鏡の魔法士と一人の若い鍛冶職人が旅の途中で出会い、友誼《ゆうぎ》を結んだ結果――『大崩壊』をも乗り越え、我等は今や十大財閥の頂点。

そこに到るまでにも、数えきれない程の手助けをいただいている。

膨大な恩を我等は返さなくてはならない。

我が一族の名誉と誇りに懸けて。

初代は臨終の間際《まぎわ》に滂沱《ぼうた》の涙を流しながら、一族の皆へこう遺言したという。


『嗚呼……まだ……まだ……まだっ！　何も……何も……何一つとして、あの人に返せていないっ！　私の一生は結局あの人に、黒殿に貰《もら》ってばかりだった………。家を興《おこ》し、財を蓄え、『大崩壊』を生き延び、帝国のみならず、各国にも影響を与えられるようになった。けれど……けれど、けれどっ！　私の、私の人生の最良の時は、あの人と、今は『ハル』と名乗る黒殿と共に、大陸中を旅した時間だったのだ。……そんなことを、そんな当たり前のことに、死にかけて気付くとは………私は、何と、何と愚かであったことか……。故に皆へ頼む。私を憐《あわ》れみ、汝等《なんじら》が人としての尊厳を有しているならば、あの人を……あの人から受けた大恩を……未来永劫《えいごう》、決して忘れないでくれっっっ……』

つまりは——……そういうことなのだ。

ヴォルフ家にとって、『黒の君』から受けた大恩は全てに優先される。

これが我が一族の根幹であり、決して間違えてはならない。

仮に、帝国とあの御方とが争うならば——私は父としっかり視線を交えた。

腹の底から声を発する。

「現ロートリンゲン皇帝家が過《あやま》ちを犯していた場合——……我がヴォルフ家は微力ながらもあの御方にお味方し、馬の轡《くつわ》を取る。これは、ヴォルフ家当主としての正式決定だ。父上、よろしいですね？」

老父が目を細め、息子が慌てふためく。

「当主はお前ぞ。が……反対する理由は何一つとしてない」

「お爺《じい》様、父上、ほ、本気なのですか⁉　その者は本気で……？」

「来る。来ない筈《はず》がない」

二十数年前、幼かった頃にお会いした黒髪眼鏡の魔法士を思い出す。

あの時は伝説の【星落《せいらく》】と【千射】、そして——黒蒼《くろあお》髪の美女を従えられていた。

父が淡々と呟《つぶや》く。

「ハル殿は寛大であられる。が……今回の一件、何も無しではすむまい。大陸情勢すら大きく変わる可能性もあろう」

背筋に寒気が走る。

帝国は、龍よりも遥《はる》かに恐ろしい相手を舞台へ招待してしまったのではあるまいか？

教え子の方々の『招集』がかけられたならば、亡国すらあり得る。

が……そうだとしても結論は変わらない。

我が名はフリッツ・ヴォルフ。恩義を知りし者なのだ。

決意を固めていると、ノックの音。

「レビか？　終わったぞ、入ってくれ」

「はい」

ゆっくりと扉を開け、女性秘書官が戸惑いながら入って来た。

隣にいるのは、老人と男性。私と父は同時に驚く。

「貴方様《あなたさま》は……」「ほぉ……」

やって来たのは、十大財閥の一角【宝玉】シキ家の現当主と前当主――ラインハルト・シキとローマン・シキ。

詳細は秘されているが、先日、屋敷《やしき》内で戦闘があったことは報告を受けている。

解決した者の中に、ハル様とここ最近、帝都で名を挙げた【雷姫】がいたことも。

ラインハルトが、私と父へ深々と頭を下げた。

「――突然の訪問、申し訳ない。皇宮襲撃の件で、御家と協力を結びたく参上した」

「！」「ローマン……では、シキの家もか？」

父が古馴染《なじみ》らしい、ローマンへ話を向ける。

眼光鋭い老人は白髭《しろひげ》に触れながら、不敵に頷《うなず》いた。

「帝国とハル。どちらを優先するかは自明であろう？　ヴォルフだけが恩義を受けているわけではない――皇宮内に【女傑】様と大宰相が軟禁されているようだ。これは政変ぞ。万が一大事になった際、どうするのか……話は詰めておいた方がよかろう？」

【戦術家】ロス

「はっ！」

黒髪を靡《なび》かせながら放たれたサクラの手刀は数十の結界魔法と、鋼板入りの分厚い壁を半ばまで貫通し止まりました。

僕等が監禁されている部屋の外からは悲鳴と動揺。武具が音を立てます。

うちの団長である【舞姫】様は無邪気な顔になり、腕組みをして壁に寄りかかっているファンと僕へ向け、飛び跳ねます。

……豊かな胸が弾んで、少し目に毒ですね。

自分が誰よりも綺麗《きれい》、という自覚も持ってほしいものです。

「えーっと……鋼板を八枚っ！　八枚抜いたわっ！　ロスも確認して！　ふっふ～ん♪　私の勝ちみたいね、ファン★」

「……調子に乗るなよ。俺はまだ本気を出していないっ！　ガキんちょ団長が泣かないように手加減をしていただけだ」

「へ～。ふ～ん。そうなんだぁ～★」

「見ていろ！　今、全部抜いてやる！」

サクラの煽《あお》りを受けて、『クラン最強前衛』を自負するファンも戦意を漲《みなぎ》らせ壁へ近寄り、拳を構えます。

外の人達が大変ですね、これは。

武装を取り上げられた二人がこういうことをするとは、思っていないでしょうし。

――再び轟音《ごうおん》。

外が慌ただしくなり結界が急速修復。良い腕《い》です。

ファンがサクラへ大人気なく勝ち誇ります。

「見ろ！　九枚だっ‼　昨晩の戦闘でも、俺は【烈槍《れっそう》】で特級魔法を防いだしなっ！」

「はぁぁぁっ⁉　私は、ラヴィーナの魔法障壁を切り裂いて、一太刀直接浴びせたんだけどぉぉ⁉」

「「っ！」」

うちの前衛陣の双壁と言える二人が睨《にら》み合《あ》います。

椅子に腰かけ、目を瞑《つぶ》っていたハイエルフの美少女――リルが片目を開けました。長く淡い蒼《あお》金髪が光を反射。キラキラと前髪の蒼リボンから魔力光が発せられます。

「……サクラ、ファン、うるさい。今は体力と魔力を回復させるのが先決。どうして、何時《いっ》も遊び始めるの？　ロスも止めるべき」

「いやぁ、ははは……あの二人は僕じゃ止められないよ……？」

外見にそぐわない口の悪さに笑いが引《ひ》き攣《つ》ってしまいます。

ただ、姉弟子の言っていることも正論です。

昨晩の短くも激しい戦闘後――気づいた時、僕等は皇宮の一室に監禁されていました。

お腹《なか》の減り具合からして意識を失って約一日経過、といったところです。

牢獄《ろうごく》にしなかったのは、サクラとファンを閉じ込めておける自信がなかったのでしょう。

皇宮の部屋ならば壁や窓硝子《まどガラス》等も相当に頑丈で、魔法を封じるのも容易ですし。

サクラが壁から離れ、手で合図をしてきました。

――唇での会話に切り替え。

僕は魔法封じに介入。静音魔法の準備を開始します。

『リル、分かってるわ。演技よ、演技♪　脅威度は高いけれど閉じ込めておける、と認識させておいた方が良いでしょう？　素手で貫通は難しそうだし』

普通は一枚だって貫けないですよ？

最古参組の一人でもある兄弟子の【拳聖】なら紙みたいな物なのでしょうが……。

新米だった当時、僕が憧れていた美しく、凜々《りり》しく、強い姉弟子はいったい何処《どこ》へ――

サクラが両手を合わせ、微笑。

『……ロス？　何か言いたいことがあるのかしら？』

『いいえ、何も』

危ない、危ない。うちの団長様は勘が鋭すぎます。

ファンが軽く左手を振りました。

『問題は二つ——ラヴィーナと帝国の態度だ』

『そうですね。彼女だけでも僕等の手に余るのに、帝国まで訳の分からないことを言い出すのは……』

『き、貴様達のような冒険者は危険な存在だ。ギルドの権限はもとより、クランも縮小。何《いず》れは消滅させねばならないっ！』。……凄《すご》く変』

『私達は【女傑】に呼ばれて来ただけなのにね～』

リルとサクラの言葉に、意識を取り戻した後、興奮気味に僕達へ捲《まく》し立ててきた皇帝を思い出します。

——昨晩の戦闘は僕等にとって想定外でした。

ハル先生は僕達を縛っていません。

けれど、幾つか規則を定めていて……その中に『教え子同士の殺し合いの原則禁止』があります。まさか、突然の戦闘になるとは。

【星落】は単独で皇宮中枢へ襲撃をかけるような極端な性格ですし、今までも色々な騒動を引き起こしてきました。

同時に先生を心から想《おも》われているのを、僕等は知っています。

……にも拘《かかわ》らず、あそこまで強硬だった。

やはり、【女傑】の依頼状に書かれていた通り、帝国上層部が女神教と接触を？

考え込んでいると、リルとファンが疑問を提示します。

『ラヴィーナは皇宮の戦略結果に音もなく侵入してきた。そんなことは【勇者】ですら不可能。出来るとすれば……ハル様か【全知《ぜんち》】だけ』

『【女傑】は襲撃を予期していたが、他の連中はそうじゃなかった。【全知】は『大崩壊』最終盤、【不死の呪い】を解かれた、とも聞く。もう死んでいるだろう。つまり――』

『結界の侵入方法を魔女に教えた奴《やつ》がいる、ってわけね』

腕組みをしたサクラも難しい顔になりました。

僕達がラヴィーナに勝てていれば……。

昨晩の戦闘を先生が見てくれていたら、賞賛してくださるでしょう。

一対四とはいえ、【星落】の魔女とほぼ互角に渡り合い、サクラ、ファンに至っては、普通の相手ならば、致命傷となる一撃を与えたのですから……。

静音魔法が完成したので、発動。

黒髪に触れながら、団長が言葉を出し呟きます。

「でも、【魔女】って反則過ぎじゃない……？　私が左腕を斬り落として、ファンはお腹に大穴空けて、リルの氷塊に閉じ込めて、ロスの封印魔法で縛ったのよ？　なのに……」

「……エルミアの大姐御《あねご》から聞いた通りだったな」

「魔力自体を喰《く》らって破り、肉体も再生させて、楽しそうに嗤《わら》ってた……」

怖い物知らずの【烈槍】と【氷獄《ひょうごく》】が顔を顰《しか》めます。

第一階位に到達した際、帝都へ来られた先生から教わったことを思い出します。

『ロス、君には指揮官としての才がある。だから教えておこう。サクラやファンは強くなる。リルやメルは現時点でも大陸有数の魔法士だし、トマは愚直に進んで行くだろう。けれど、【魔女】と相対するにはまだ早い。あれは、人の形をした別の生き物なんだ。戦場で出会ったのなら、即座にお逃げ。【魔女】とはね――人が世界最北『銀嶺《ぎんれい》の地』よりやって来る恐るべき【獣】を倒し、生き延びる為《ため》に生み出した、もう一種の獣の総称なんだ』

……撤退を選択するべきだったのでしょうか。

思い悩んでいると、黒髪の少女が近づいて来て、

「こーら」「わっ！」

頭を撫《な》で回されました。

世界で一番綺麗だと内心思っている、姉弟子の顔が至近距離に広がります。

「ロス！　あんたは、私と今は亡《な》きちびっ子姉弟子が選んだ、うちのクランの戦術指揮官なのよ？　胸を張りなさいっ！　ええ、昨日は負けたわ。でも――」

大輪の花が咲いたかのようなサクラの笑顔。

「次は絶対に勝つわっ！　そうでしょう？　【戦術家】さん？」

「……サクラ」

まっすぐな……出会った時から全く変わらない輝く瞳に吸い込まれそうになります。

両手を背中に回しそうになり――後方でニヤニヤし、『抱きしめるべきっ！』と合図を送ってくる兄弟子と姉弟子のお陰で我に返りました。

視線を逸《そ》らし、反撃します。

「……ハナは死んでいないと思いますよ？　そんなに気になるなら、いい加減、頭を下げて仲直りをすれば良いんじゃないですか？」

「あーあーあーあー！　きーこーえーなーいっ！　……そういうところはハルを真似《まね》しないようにっ！」

サクラが大声を出し、睨んできました。……どうにか誤魔化せましたね。

――思考を戻します。

僕達は善戦しましたが敗れました。

近衛《このえ》の兵士達や皇族を守りながらの戦闘で、実力を最大限発揮出来たとは言い難《がた》いですが……そんな事は言い訳です。

ラヴィーナは噂《うわさ》に名高い、大陸最高峰の魔短刀【沙羅双樹《さらそうじゅ》】を抜いてきませんでした。

何より代名詞でもある、戦略特異超級魔法【星落《せいらく》】を初手から撃たれていたら……全滅だったでしょう。

それでも、粘りに粘り聖騎士と聖魔士を含む多数の増援を感知した時には、退いてくれるだろう、と思ったのです。

……今、思えば甘い考えでしたが。

ハル先生は寛大でお優しく、身内に甘い。けれど、限度はあります。

これ以上、帝国と衝突すれば、【星落】は破門になる可能性すら……。

リルが呟《つぶや》きます。

「ラヴィーナ、最後の魔法を撃つ時……とても悲しい顔をしていた」

最終局面を迎えた際――夜空に浮かぶ姉弟子は僕達に優しい声でこう言いました。

『ごめんよ。少し強くいくから……どうか、死なないでね？』

空間に展開された魔法の名は知っていました。

皇宮の内庭上空に煌《きら》めく無数の光。

大陸史においてこれ程名高い魔法はそうありません。

——戦術特異超級魔法【流星】

魔法士が設定した空間内へ無数の小星を召喚。超高速で相手へ放つ悪夢のような魔法。

躱《かわ》すことはまず不可能。防ぐことも困難。

咄嗟《とっさ》に四人で千に達する防御障壁を張ったものの……気付いた時には、武装を取り上げられ部屋の中に監禁されていた次第。

生きていたし、外傷もなかったので、防ぎ切れはしたのでしょう。

……訳が分からなかったのはその後です。

皇帝の後にやって来た三人の男達は、窓越しに口々に僕達を罵りました。

がっちりとしていて、禿《は》げあがっている近衛騎士団団長が怒鳴り、

『貴様等には皇帝陛下暗殺未遂の容疑がかけられている。ふんっ！　やれ、【舞姫】やれ【氷獄】などと言っても、所詮は薄汚い冒険者風情《ふぜい》。先頃、【天騎士《てんきし》】【天魔士《てんまし》】などと名乗る『大陸最強』を標榜《ひょうぼう》する輩《やから》も、不遜にも陛下との面談を要求してきたが……貴様等

も同じ穴の狢《むじな》なのだろう‼　『勇者』と『剣聖』に一度勝った程度で図に乗りおって……』

老い、枯れ木のような帝国大魔法士がそれに追随。

『そうだ！　貴様等のような冒険者は……国家に仇《あだ》なす『個』など害悪なのだっ‼　帝国こそ最強でなくてはならぬ。だが、我等は慈悲深く寛大だ。罪を認め、貴様等が知っていることを全て話せば、多少なりとも罪を減じよう』

踏ん反り返っていたのは帝国の副宰相。今の大宰相の甥《おい》だった筈《はず》です。

『素直に話す方が身の為だぞ。帝国を甘く見るな。私は大宰相とは違う。古《いにしえ》の口伝なぞで陛下の御心を惑わすなっ！　とっとと全て話せっ‼』

……口伝、ですか。

姉弟子の名前を呼びます。

「リル、帝国側の方は」

「内部の権力争い。ラヴィーナの方は……ハル様を呼んでいる」

「俺達は餌だな」

ファンが後を引き取ります。

……先生と姉弟子の激突は余り見たくありません。

僕は指示を伝えます。

「今は体力と魔力を回復しましょう。脱出は――サクラ？　どうかしましたか？」

うちの団長様は僕等の会話を静かに聞いていましたが、途中から顔を俯《うつむ》かせて沈黙。

もしかして、怒って……ファンとリルが僕へ謝罪してきました。

「……ロス、すまん！」「……いらない一言だった」

がばっと、顔をあげたサクラの顔は――真っ赤。

両頬に手をやり、その場で嬉《うれ》しそうにジタバタします。

「ど、ど、どうしよう。と、と、囚《とら》われの身になって、あいつに助けてもらうなんて……ま、まるで……私、お姫様みたいじゃないっ⁉　ずっ～と、会えなかったけど……そ、そういうことなら、時々逃げる振りをしながら、助けに来るのを待つわよっ！　これは、【盟約の桜花《おうか》】団長としての正式決定ですっ！」

「…………了解です」

「……ロス」「……大丈夫、私達がいる」

鈍感団長にどうにか答えると、兄弟子と姉弟子が慰めてくれます。

……少し泣いてしまいそうです。

けれど――そうですね。サクラには悪いですが、先生の救援は数日かかる筈です。

ならば、その前にさっさと解決してしまいましょう。

ただでさえ、大差がついているんですから罰は当たらない筈です。

うちの頼りになる副長ならば、すぐ助けにきてくれるでしょう。

——皇帝の存念、じっくりと聞かせてもらいましょうか。

帝国大宰相　ディートヘルム・ロートリンゲン

「陛下っ！　いったい何を考えておられるのですかっ！！！！！　急ぎ、冒険者達の解放をっ！　あの者達がいなければ昨晩の内に我等は全員死んでいたのですよっ⁉　ロートリンゲンは何時から恩知らずになったのですっ！　このままでは取り返しのつかないことになりますぞっ」


早朝の皇宮。謁見の間に連れて来られた私の怒号が轟《とどろ》く。

「大宰相閣下」「落ち着いてください」

「ええいっ！　五月蝿《うるさ》いっ‼　邪魔をするなっ‼」

後方に待機している、完全武装の近衛騎士や近衛魔法士達が私を押し止《とど》めようとするも、振りほどき、玉座に座る甥を睨《にら》みつける。

すると、緊張し顔を蒼褪《あおざ》めている陛下が口を開かれた。

「お、叔父上……そんなに怒らないでください。私にも考えがあるのです。詳細は」

「私が説明致しましょう、叔父上」

「……オーラフ」

陛下の後方に控えていた、金髪で自信に満ちた様子の若い美男子――副宰相オーラフ・ロートリンゲンが前へ進み出た。

その両脇を、禿頭《とくとう》の近衛騎士団団長ゼードと老大魔法士シャフテンが固めている。

オーラフは大袈裟《おおげさ》に両手を広げ、私を見た。

「こう見えて多忙の身。端的に済ませるとしましょう。――貴方《あなた》も冒険者共の戦いぶりは見たでしょう？　奴等《やつら》の持つ個々の『武』は危険過ぎる」

「…………」

昨晩【星落】との戦いにおいて、【舞姫】達が見せた戦いは『見事！』の一言に尽きた。

数えきれない特級魔法を斬り、無数の魔法障壁を貫き、一度ならず恐るべき魔女へ攻撃を届かせ、氷に封じ込めすらもした。

――【十傑《じっけつ》】に列《つら》なる者達は、人にあって人に非《あら》ず。

龍や悪魔どころか、堕《お》ちた神すらも狩り得る者達だ。

それに、敗れたとはいえ対抗して見せた特階位、第一位階位冒険者の持つ武は……小国の国家戦力にすら匹敵するだろう。

オーラフが話を続ける。

『大崩壊』後、約二百年。大陸情勢は混乱が続き、帝国が冒険者共の力を必要としたのは事実でしょう。……が！　その力が国家単位の武力になるのは如何《いか》にもまずい」

「……何を言いたい」

「宰相閣下ならば、言わずとも既に理解されておられるでしょう？」

副宰相は身を翻《ひるがえ》し、皇帝陛下へ深々と頭を下げた。決定的な言葉を発する。

「陛下。皇宮襲撃を受けたのは、真《まこと》に痛恨でしたが……これを奇貨と為《な》し！　冒険者達、ひいては冒険者ギルドの権力を削《そ》ぐことが必要と愚考致します」

息を呑《の》んだのは、私と誰であったのか。

少なくとも……目の前にいる四人ではあるまい。

二人の甥へ本気で問う。

「……貴様等、正気か？　そんなことが本当に出来るとでも？　冒険者ギルドは今や大陸全土に広がり根付いている。直接介入すればどのような混乱が発生すると？　【星落】も必ずまたやって来るし、東部国境の【黒天騎士団】が王国側についたらどうするつもりなのだっ！　【天騎士】は我等に忖度《そんたく》するような男ではない。非公式の模擬戦で『勇者』『剣聖』、聖騎士と聖魔士の総がかりで歯が立たなかったことを忘れたかっ！」

【舞姫】達を打ち倒した【星落】が、退いた理由は不明だ。

多少、手傷を負っていたというのもあろうが……魔女の瞳は、真っすぐ、増援として到着した幾人かの聖騎士と聖魔士達へ向けられていた。

深夜に秘書官が届けてくれた機密情報が正しければ、次の襲撃は皇宮。

そして帝都自体が消え去るまで終わるまい。

【黒天騎士団】の問題については論外だ。

大陸最強の傭兵《ようへい》団が東部国境に常駐してくれているからこそ、帝国はレナント王国に対し、絶対的優位を保っているのだから。

オーラフが馬鹿にするかのように鼻を鳴らした。

「ふっ。無論……対策は考えております。シャフテン老」

「はい」

控えていた老大魔法士が進み出て、白のローブから硝子《ガラス》の小瓶を取り出した。

——入っているのは漆黒の液体。

私は訝《いぶか》し気に尋ねる。

「……何だ、それは？」

「ふっふっふっ……我等の切り札ですよっ！　今は亡《な》き【女神】の力をその身へ、一時的に宿すことが出来る秘薬ですっ！　大魔法士殿と近衛《このえ》騎士団団長の協力の下、女神教と接触し、極秘裏に研究を進めておりました。既に、『剣聖』と一部『聖騎士』『聖魔士』に用い、魔力増幅の魔道具と合わせ、良好な結果を得ております」

「⁉」

私は得ていた内部情報以上の告発に衝撃を受け、身体《からだ》をよろめかせる。

【女神】と女神教だとっ⁉

シャフテンとゼードが密《ひそ》かに国外の女神教と情報を交換していたというのは、事実であったかっ！

許可を与えていたのは――顔を引《ひ》き攣《つ》らせている皇帝へ、射殺さんばかりに視線を叩《たた》きつける。甥は視線を逸《そ》らした。馬鹿なっ！

身体を支えられず赤絨毯《じゅうたん》の敷かれた床に膝をつく。

後方の近衛騎士が「……閣下」と案じてくれる。昨晩も護衛してくれていたマーシャルのようだ。

私は歯を食い縛り、亡国の徒達の名前を呼んだ。

「……オーラフ、シャフテン、ゼード。貴様達、自分が何を言って、何をしでかしたのか、本当に理解しているのか？」

「ふっ……当然です」

代表し副宰相が前髪を払いながら、まず断言した。

「世界最強の超大国である帝国にすら服属しない冒険者ギルドなぞ不要！　奴等の歴史的役割は、この秘薬が生み出された時点で終わりを告げたのですっ！」

「宰相閣下も我が秘薬の効果を見れば」「御納得いただけるでしょう！」

………愚か者共がっ！

オーラフは若き頃から一族の中でも優秀であった。

だからこそ、若くして抜擢《ばってき》し内政の多くに携わらせ、私は難事な対外問題――特に対王国及び対同盟との外交交渉に当たってきたのだ。

大きな間違いであったっ…………我、誤れりっ！

必死に喘《あえ》ぎ、騎士の肩を借り立ち上がる。

「…………陛下。いや」

息を吐き――背筋を伸ばす。

我が名はディートヘルム・ロートリンゲン。

先帝より……亡き兄上よりこの国を託された者。

相手が誰であろうと、言うべきことは言わねばならぬっ！

「リーンハルト——……お前はこれを全て承認したのだな？　『大崩壊』以降の帝国の歴史を否定し、再び過《あやま》ちを繰り返す決断をすると？　そのようなこと……亡き兄上と義姉上、叔母上、一族の長老達が御許しになると思うのかっ！　目を覚ませっ！　帝国は……ロートリンゲンは、【三神】と女神教には決して、決してっ！　関わってはならぬのだっ！」

三人の陰に隠れている甥《おい》を怒鳴りつける。

シャフテンとゼードが手で合図を送った。

私の周囲を聖騎士と聖魔士、そして、躊躇《ためら》いがちに近衛騎士達が取り囲む。

リーンハルトが静かに口を開いた。

「……………叔父上は」

今日初めて、甥が私の目をしっかりと見た。

——兄と同じ金の瞳。

「昨晩の戦いを見て、恐ろしいと思われなかったのですか？」

「…………」

脅威に思わなかったか、と言えば嘘《うそ》になる。

だが――【星落《せいらく》】も【舞姫】達も皆、ハル様の教え子。超常の力を振るうのは当然。

英雄とは往々にして……人知を遥《はる》かに超えて行く存在だ。

リーンハルトが顔を歪《ゆが》ませ、頭を抱える。

「私は……私は恐ろしかったっ！　我が命に従わぬ者の中に、あれ程の力を持つ者が野放しになっていることがっ。今までも、オーラフ達からの進言は受けておりましたが……まさか、まさか、あれ程とは」

ロートリンゲンは初代アーサーの時代から尚武の家柄。

皇帝による親征もしばしば行われてきた。

叔母のカサンドラですら戦場に幾度も出向いている。

……だが、兄上の急逝に伴い帝位についたリーンハルトは戦場を知らぬ。

冒険者達の武威を見る機会は、四年に一度行われる大闘技会だけだった。

甥が強い口調で吐き捨てる。

「実際に見て、決意は固まりました。……奴等は、冒険者達は危険過ぎるっ！　従えば良し。従わぬのならば」

「……軍を用いても討つ、と……」

「………………最悪の場合はそうせざるを得ないでしょうな」

私は天井を見やり、瞑目《めいもく》した。

……最早《もはや》、これまで……。

身を翻し、剣や杖《つえ》に手をかけている騎士と魔法士達を一喝。

「どけ。謁見は終わりだっ！」

『！』

囲みが解けたので入り口へ歩を進めると、リーンハルトの戸惑った声が追いかけて来た。

「お、叔父上？　何処《どこ》へ行かれるのです？」

立ち止まり、そのまま返答する。

「……もう、私が此処《ここ》にいる必要はあるまい？　好きにさせてもらう」

「そうはいかぬ！　止めよっ！」

オーラフの指示が飛び、目を覆う半仮面をつけた聖騎士と聖魔法士が行く手を阻《はば》んでくる。古き文献で見た、自由意志を鈍らせる代わりに、魔力を増幅させる女神教の魔道具。

肩越しに険しい顔のリーンハルトを見やる。

「お願いです。大人しくなさってください。御祖母様にも、お休みいただいております。貴方《あなた》を罰したくはありません」

罰する、か。

向き直り額に手を置き、嘆息。

「……愚かだ、余りにも愚かだよ、甥御殿」

『…………？』

私の様子に、謁見の間にいる亡国の徒共の動きが止まった。

――最後に昔話を語るとしよう。

「アーサー・ロートリンゲンには一人の友がいた――【黒の君】だ」

「？　叔父上？　何を……？？」

リーンハルトが不思議そうな表情になった。構わず続ける。

「今でこそ、英雄王なぞと謳《うた》われるが、実際のアーサーは弱く、泣き虫で……何時でも、『彼』に頼ってばかりだった」

嗚呼《ああ》……懐《なつ》かしい。

私も兄と共に、父と母からこのように教えてもらったものだ。

「――……だが」

居住まいを正し、言葉を叩きつける。

「アーサーはその長き生涯において、ただの一度も、一度たりとも、『彼』へ嘘を吐かずっ！　『彼』を裏切ることもしなかったのだっ！」

──【救世王】アーサー・ロートリンゲン。

『大崩壊』を鎮《しず》め世界をも救った、史上最後の大英雄。

だが……その偉業は彼一人が成し遂げたものではなかった。

「故に！　『彼』もまたアーサーを信じ、終生助け続け……死の床についた際、こう誓ってくれたのだ。『君から受け取り、返しきれなかったものは──君の子孫へ返そう』と。以来二百年間──我等、ロートリンゲンはアーサーと同じ路《みち》を歩むよう、努力を積み重ねてきた。途中、幾度か過ちを犯したものの、それでも立ち戻った。子孫である我等が大英雄の名誉を汚してはならぬ、という想《おも》いを等しく抱えていたからだっ！」

「………………」

甥の金の瞳に迷いが浮かぶ。私は一歩進み出る。

「リーンハルト・ロートリンゲン皇帝陛下──先程覚悟を固めた、と仰《おっしゃ》いましたな？　であるならば、努々《ゆめゆめ》後悔はなさらぬことです。貴方様《あなたさま》が先帝と義姉上から夜話で聞かされたのは、全て事実なのですから」

「！？！！！」

「取り押さえろっ！」「その者は陛下を惑わそうとしておる」「連れていけっ！」

オーラフ達が叫び、私の言葉を遮ろうとする。

騎士や兵に肩や身体を摑《つか》まれた。

「『彼』は寛大な御方です。が、幾つか禁じていることもあるのは御存じでしょう？『ロートリンゲンが【女神】【魔神】【龍神】と関わることを禁ずる』。私がいない間に、聖騎士の一隊を大迷宮へ派遣されたそうですね？《魔神の欠片《かけら》》探索の為《ため》に！」

「そ、それは……」「「「っ」」」

あからさまな動揺。続けざまに糾弾。

「口伝はこうも続けている。『特に女神教と関わることなかれ。忘れれば――帝都に星が落ちる』と。今日、帝国は二百年に亘《わた》り得ていた『彼』からの庇護《ひご》を、汚泥《おでい》の中へ自ら捨てたのだっ！　訳の分からぬ秘薬なぞと引き換えにっ！　ぐっ……オーラフ！　シャフテン、ゼードっ！！！！」

床に押し付けられながら、亡国の徒達へ嘲笑《あざわら》う。

「貴様等自慢の秘薬とやらで、どうこう出来るか精々試してみるといい。【魔女】は人の形こそしているが、人ではないっ！　最低でも、【天騎士《てんきし》】【天魔士《てんまし》】に匹敵する戦力を揃《そろ》えられぬ限り――亡国を覚悟せよっ！！！！」

「宰相閣下は錯乱されたっ！」「一室に押し込めよ」「誰にも会わすな」

怒りで顔を紅潮させるも、勝ち誇ったオーラフ達が次々と指示を飛ばす。

兄上、義姉上、申し訳ありません……。

周囲の者達に無理矢理、立たされる。

――亡き兄と義姉に似たリーンハルトの瞳は、強い不安を湛《たた》えていた。

ラヴィーナ・エーテルハート

「ふ～ん……やっぱり、そういう選択をするんだ。人間は変わらないな……」

帝都東方。旧帝国の死刑場があった――『処刑の丘』。

崩れかけの壁に腰かけ皇宮内の会話を盗聴しながら、私は嘯《うそぶ》いた。

近くの枝に立っていた、幼児程度の小さな影が批評してくる。

「――仕方あるまい。【星落】の戦闘を間近で見て、恐怖を憶《おぼ》えぬ者は極少数ぞ？」

「あら？　言ってくれるじゃないか。君もそうなのかな――ラカン？　こっちへおいでよ？　可愛《かわい》い弟弟子の顔を見せておくれ？」

「…………可愛くもないのであるが」

枝も揺らさず、小さな影が私の隣へ着地。

――ボロボロの外套《がいとう》に黒道着。草履を履いている二足歩行の灰色猫。

なお、獣人ではない。

十数年前、少々悪さをし過ぎて、黒様やエルミア、他の古参達に追われた挙句、逃走の為、猫へ化け戻れなくなってしまったのだ。

ただし、強さは疑いようがない。

【拳聖】の異名を持ち、『近接戦闘においては大陸最強の一角』と噂《うわさ》され、大陸各地で悪名を轟《とどろ》かせている弟弟子が獣耳と尻尾を大きくした。

「もう一点。わ、吾輩《わがはい》は姐御《あねご》達に手を出す程、死にたがりではないっ！【万鬼夜行《ばんきやこう》】が、例の奇怪な魔女に追われ大陸へ敗走したと聞き、追っていただけなのであるっ！」

昔と変わらぬ弟弟子の反応に嬉《うれ》しくなってしまい、虐《いじ》める。

「え～嘘だぁ。あちこちで噂を聞いたよ？ 東方の凱《がい》帝国で【飛虎将《ひこしょう》】と七日七晩殺し合ったとか、【神剣《しんけん》】とじゃれ合っていたら、うっかり南方の島を二つに割ったとか、他にも、地図職人泣かせなことをしているらしいね？」

ラカンが遠くを見つめ、カッコつける。外見は猫の為、可愛いだけだ。

「ふっ……吾輩も若いのである」

「そういうことにしておいてあげるよ。あんまり、地図職人さんを泣かせちゃダメだよ？　程々にね？」

「……そっくりそのまま、その御言葉を御返しするのである。世界最大の湖を作り出した御方の言われる台詞《せりふ》ではあるまい？」

「ふっふっふっ……当時の私はラカンに負けないくらい、可愛い女の子だったからさぁ★　ちょ〜っと、やり過ぎちゃうこともあったんだよ。因《ちな》みに今は？　ほれほれ〜？」

「………姐御」

「ん〜？」

弟弟子の頬《ほ》っぺたを指で突き、からかっていると、珍しく真面目な顔になった。

聞かれることの想像はつく。

「……本当に、師と殺《や》り合われるおつもりなのか？」

予想通りの問いかけを受け、私は肩を竦《すく》めた。

「そうなる、かな」

脳裏に、愛《いと》しい愛しい……私の黒様の悲しそうな御顔が浮かんだ。胸が締め付けられる。

私の命は今も昔も黒様の物で、それ以上でも、それ以下でもない。

本来、敵対なんか絶対にしたくないし、そんなことをするくらいならば……死ぬ。

けれど――……へし折れている陽光教《ようこうきょう》大尖塔《せんとう》が視界に入った。

二百年前のあの日、アキ姉はこの丘からあそこまで歩いていった。

誰にも助けを求めず。たった一人。

何も知らず、ただ守られてばかりだった愚民共から石と嘲笑を浴びながら。


だからこそ……許せない。許すことなんて、出来ない。


些細《ささい》な約束を守れず、まして女神教と手を結ぼうとした連中なんて、滅ぼしてしまうべきなのだっ！

たとえ――……黒様が反対したとしても。

私は目を細める。

「生意気な妹弟子達を餌にしたたし、報《しら》せを聞いたらすぐ飛んで来られるさ。あの子達なら抜け出すのもわけはないだろうし、その前に、星を落としたくなるかもしれないけどね。会いたいけど、会いたくもない――。こういうのって、何て言うんだっけなぁ。アキ姉がよく黒様への言い訳に使っていたんだけど」

「『乙女心は複雑なのっ！』ではないか？」

弟弟子が腕組みをしながら教えてくれる。

手を叩《たた》き、賞賛。

「それだよっ！　ふふ。君は記憶力が良《い》いよねぇ。お礼に、その姿を死ぬまで解けないようにしてあげよう★」

「…………」

ラカンは崩れかけの壁を器用に後退。

密《ひそ》かに魔法式を組みながら軽く手を振る。

「冗談、冗談だよ。可愛い弟弟子にそんな酷《ひど》いことを、優しい優しい魔女の私がすると思うのかい？」

「……信じられないのである。姐御達を信じ、吾輩が何度死にそうになったとっ⁉」

毛を逆立たせ、弟弟子は警戒を解いてくれない。猫のままの方が可愛いのに。

「酷いなぁ。ちゃんと生きてるじゃないかぁ――……【銀氷《ぎんひょう》の獣】へぶつけた時は、何度か心臓止まってたけどね★　記憶改竄《かいざん》魔法は効いているみたいだ」

「…………姐御？　い、今、何と？」

おっと、まずいまずい。

弟弟子はからかい過ぎると、拗《す》ねて会ってくれなくなるのだ。笑顔で返す。

「何でもないよ★　魔女は嘘《うそ》を吐かないんだ♪」

「わ、吾輩、ここ十数年、大陸各地を回っていたが、こ、これ程、信じられない言葉を聞いたのは久しくなかったのである」

ラカンが狼狽《うろた》え、失礼な言葉を吐く。

……本気で呪いをかけて、戻れなくしてしまおうかな？

静かに魔法を完成させていると、弟弟子が話題を変えた。

「そう言えば……皇宮の戦略結界、どうやって解かれたので？」

「あ～あれ？」

廃墟《はいきょ》の四方にほんの微《かす》かな魔力。

……ふ～ん。

「古馴染《なじみ》の子供を名乗る、黒外套を着た男の子――ユラト、と言ったかな？　その子と取引したんだ。情報だけ貰《もら》って潰してしまっても良かったんだけど……凄《すご》く必死でさぁ。絆《ほだ》されちゃった」

「師の文《ふみ》に書かれていた、【全知《ぜんち》】の？　本物なので？」

「ん～……どうだろうねぇ。帝国と黒様を憎んでいるみたいだったけど、それ以上に、女神教を憎悪《ぞうお》していたね」

『皇宮に張られている戦略結界の一時的な解除方法を教える。その代わり……女神教の連中と手を組んだ帝国の連中を殺してほしい』

取引を持ち掛けてきたユラトの姿を思い出す。

――【全知】にはまったく似ていなかった。

彼と直接会ったことはない弟弟子へ教える。

「あの人は六人の中で一番心が弱かった。だからこそ優しくもあった。……けどね？」

左手をゆっくりと掲げていく。

ラカンが即警戒態勢。身を屈《かが》め、逃走準備。姉弟子に対する敬意が足りないなぁ。

「たった二人で世界を滅ぼしかけた人でもあるんだよ？　黒様も仰《おっしゃ》っていた。『対世界、と限定するならば、彼こそが【六英雄】最強だったろう』ってね。そんな人の子供？　私達を」

左手を握り潰す。

丘の周囲に、厳重にも厳重に秘匿されていた盗聴魔法が弾《はじ》け飛んだ。

私は遥《はる》か遠方の大尖塔へ微笑《ほほえ》む。

「――こそこそと監視し、バレないと舐《な》めている子達が？」

『！？！！！』


魔力が揺らめき、驚きを私達へ伝えた。

精霊による逆探知と勘で、黒外套の子達がいた場所を抉《えぐ》り取る。

死んだらその時だ。黒様には褒めてもらえる。

壁の一番高い位置へ跳躍したラカンが、報告してきた。

「姐御、驚かせ過ぎなのである。数は――青年が二人と少女が一人。皆、拙いながらも影を渡っている。多少の関係性はあるのやもしれぬな。だが……未熟に過ぎる。あれでは我等が手を出すまでもなく、何処《どこ》かの死戦場で真の強者《つわもの》と遭遇し、骸《むくろ》を晒《さら》そう」

「そうだね～。でも、戦略結界の一時的な解呪法、あってはいたよ」

ラカンが降りて来て、寂しそうな顔をした。

「目的は……【魔神】の復活。そして、『大崩壊』の再来か。話を聞く限り【全知】は悲しむであろうな……」

「ユラトにもそう助言したのだけれど、人は自分が信じたいものしか信じないものさ。黒様の端女《はしため》である私へ取引を持ち掛ける時点でね……余裕が無さ過ぎる。ま、それだけ女神教を憎んでいるんだろうけど。でもさ、ラカン。君は知っているだろう?」

私はその場でクルクルと回り、歌うように告げる。

「人は愚かしい生き物なのさ。二百年前も……今もね」

「…………で、あるな」

弟弟子が同意し、道具袋から東方の編み笠《がさ》を取り出し被《かぶ》った。

ラカンはこういう物に無頓着だし、行動を共にしていると聞く妹弟子が選んだのだろう。

「では、吾輩は行くのである。先遣で南方大陸へ送った者から『何時ですか? 何時なんですか? 来なかったら飼いますっ』と、矢のような催促が届いておるゆえ。新たな強敵がっ! 吾輩を呼んでおるっ‼」

「気を付けて、とは言わないよ」

どういう事情があったのかは皆目検討もつかないけれど、【万鬼夜行】は気に喰《く》わない餓鬼――私と別系統の魔女、アザミに追われる形で秋津洲《あきつしま》を出て南方大陸へ渡ったようだ。

近日中に向こうの地図を書き換える必要性が生じるだろう。

ラカンは不敵に頷《うなず》く。

「うむっ! 戦場で強者と死合うは武人の本懐っ‼ ……ラヴィーナの姐御」

「うん?」

弟弟子は深々と私へ頭を下げてきた。

「このようなことを口にするのはおかしな話なのだが――……御武運を！　師は、必ずや受け止めてくれましょう」

思わず目を瞬《しばたた》かせる。……あの、やんちゃ坊主《ぼうず》が大人になって。

人は成長もする、か。

目を閉じ微笑む。愛しい黒様のように。

「……うん、知ってる。ふふふ、偶《たま》には弟弟子と話すのも良いものだね。御礼《おれい》に一戦」

「遠慮しとくのであるっ！　星を砕くのは骨が折れる故っ！　――では、これにて！」

ラカンは跳躍し、夜の帳《とばり》へ姿を消した。

猫のままでいるよう密かに魔法はかけ直しておいたから、当分は可愛《かわい》い姿のままだ。

袖から手を出し魔短刀の鞘《さや》をなぞる。

「……アキ姉、私、間違っていないよね？　黒様……早く、早く、来てください……じゃないと私は…………」

突風が吹き荒れ、囁《ささや》きが掻《か》き消えていく。

――決着の時は近い。

【女傑】カサンドラ・ロートリンゲン

七十を越す歳《とし》になっても――あの日の出来事は鮮明に覚えている。

当時の私は何も知らない少女で……世界は美しく、優しいと心から信じていた。

――突然の呼び出しを受け、午前中の講義は中断。

次いで、届けられたのは父からの呼び出し。万難を排すべし。

護衛の騎士達に守られて皇宮内を駆け、目的地の内庭へ。

初代アーサー以来、ロートリンゲン家の者達が代々受け継ぎ、丹精込めて世話をしてきた内庭は、色とりどりの花が咲き誇っていた。

――普段と違ったのは空。

皇宮を守るように幾何学模様が浮かび、更には多数の軍用飛空艇と飛竜。

ただごとではない様子。子供心に『……戦争？』という単語が浮かんだ。

内庭へ辿《たど》り着くと、すぐに声がかかる。

『カサンドラ、来たか。急ぎこっちへ。お前達はよい。命令あるまで以後、内庭には何人《なんぴと》たりとも近づけるな』

『はい、父上』『はっ！』

騎士達が下がり、残されたのは私だけ。

皇宮内庭。その中心に置かれた椅子に座り、私へ大きな手を振っているのは亡《な》き父。

――……若い。

当然だ。この時、まだ三十代半ばだった筈《はず》。

夢であることは理解しているが……懐《なつ》かしさがこみ上げてくる。

置かれている椅子は二つ。

一つには私の父――帝国第五代皇帝コンスタンス・ロートリンゲン。

軍服姿で、腰には白鞘《しらさや》に納められたアーサーの双剣【星斬り】【月斬り】。

服越しでもはっきり分かる程、筋肉が盛り上がっている。

対面に座っていたのは、帝国では珍しい黒髪の青年。

椅子には、漆黒の鞘に納められた大陸極東の地で使われる大太刀。

そんな物騒な物を傍《そば》に置きながらも、小さな眼鏡の穏やかな眼差《まなざ》しは、幼い私を無条件で安心させた。

父が口を開き、私の頭に手を伸ばす。

『娘です。今日で七歳になります。カサンドラ』

『カサンドラ・ロートリンゲン、です』

白いドレスの両裾を持って、お辞儀をする。

緊張なぞしたこともなかったのに、声がはっきりと震えるのが分かった。

どうしてこんな時にっ！

『――良い子だね』

けれど、青年は満面の笑みを浮かべ、私の頭を優しく撫《な》でてくれた。

普段の私だったら「子供扱いしないでっ！」と撥《は》ねつけていただろう。

でも……その人にされた時は気恥ずかしく、同時にとても嬉《うれ》しかったのを覚えている。

この人は私の絶対的な味方。

そう――幼心にはっきり分かったから。

青年は私の頭から手を外し、父に向き直ると、表情を崩した。

『君にも愛らしい娘さんが出来たんだねぇ……この間まで、やんちゃだったのになぁ』

『……その節はご迷惑を』

夜に話を聞かせてくれる時以外は厳《いか》めしい顔を決して崩されなかった父が、困ったように会釈《えしゃく》。

私は驚き口元へ手をやり、目を丸くした。

青年が楽しそうにしながら、事情を説明してくれる。

『懐かしいね。君のお父さんとは少なからぬ古い縁があってね、今日はお邪魔したんだ』

『？　古い縁、ですか？？　――……も、もしかして、あ、貴方様《あなたさま》が、『黒の君』様なのでしょうか……？』

最初は母に。亡くなった後は父に教えてもらった夜話に登場し――ロートリンゲン家を守ってくださっている偉大な御方。

病床の母が額を合わせながら教えてくれた。

『いい？　カサンドラ。信じられないかもしれないけれど……黒様は実在されるわ。何時か、貴女《あなた》もお会いしたら、その時はきちんと御挨拶をしてね？　私との約束よ？』

緊張と失態に表情を硬くした私へ、青年は嬉しそうに頷かれた。

そして、指を立てて訂正。

『そうだよ。……でも、その名前は出来れば忘れておくれ。昔々、大昔の名前だから。僕の名前はハル。辺境都市ユキハナで【育成者】をしているんだ。出来れば覚えていてくれると嬉しいな』

ハル様が、私の頭から手を放して立ち上がった。

すぐさま父も続き――深々と頭を下げた。

『！』

私は息を呑《の》む。

皇帝が――大陸最強を自負し、事実そうであったロートリンゲン帝国の最高権力者が、たった一人の青年に対して、躊躇《ちゅうちょ》なくそんなことをするなんて……。

やっぱり、御母様が教えてくださったことは真実！

ハル様は大太刀を左手に持たれると、父を窘《たしな》められた。

『仰々しいよ。カサンドラが面食らっている』

『そういう訳にはまいりません。曾祖父からも、祖父からも、父からも言い含められております。『我がロートリンゲン家にとってあの御方は大恩人。粗相なきように。決して、決して、決して、我等の祖先の犯した、赦《ゆる》されざる『大罪』を忘れることなかれ』と』

『僕が勝手にやったことさ。子孫の君が『大罪』だなんて思う必要もない』

『此度《こたび》の一件もです。またしても、貴方様を頼る事になろうとは……』

父の言葉には苦衷が滲《にじ》んでいた。

ハル様は首を振られ、気にするな、とでも言うように、父の左肩に手を置かれ諭される。

『複数の龍を同時に相手取るのは、今の帝国でも厳しいさ。普通の相手じゃないようだし

ね。先陣を切ってくれた子からもそういう報告が入っている。うちの子達も暴れたがって
いるから、気にしないでいいよ』
龍⁉　しかも、複数！？！！！
恐怖を覚えていると、視界に佇《たたず》む四人の男女の姿が入った。

光輝く蒼《あお》銀髪に純白のリボンを着けている美女。
長い白髪にメイド服。身長よりも長い魔銃を持った小柄な美少女。
宙に浮かぶ巨大な本に腰かけている、眼鏡をかけている銀髪の少女魔法士。
鎖に縛り上げられ『わ、吾輩《わがはい》は参加するつもりは……』と呻《うめ》いている道着姿の男性。

私とてロートリンゲン一族の末席。多少は魔力を探《さぐ》れる。
この四人。魔力の桁が違う……。
父が項垂《うなだ》れ、感謝を口にした。
『……ありがとうございます。今後はより一層の努力を致す所存』
『適度にね。――カサンドラ』
『は、はいっ！』

幼いなりに、二人の会話を理解しようとしていた私へ優しい声。

ハル様が手を伸ばしてこられたので、慌てて両手で受け取る。

恐る恐る、手の中を確認。

――そこにあったのは、見たこともない白い石がついているイヤリング。

素直な感想が漏れた。

『……綺麗《きれい》……』

膝を曲げ、目線を合わせて下さったハル様が忘れようのない微笑《ほほえ》みをくださる。

『誕生日の記念だよ。もし、君が困ってしまって、どうしても解決出来ないようなら、その石に願うといい。すぐに僕の所に飛ばしてくれる』

『ハル様⁉ そ、それは……もしや……初代様も持っていたという、転移の……』

驚愕《きょうがく》し口を挟んできた父へ、黒髪の青年は姿勢を戻す。

『コンスタンス』

『は、はっ！』

何の前触れもなく――咆哮《ほうこう》と共に地面から出現した、黒き巨狼《きょろう》にハル様が飛び乗られた。

四名の男女も次々と跳躍。

『ぬぉっ！』男が呻くも女性達は無視。力関係が如実《にょじつ》に表われている。

『良《い》い皇帝におなり。アーサーに負けぬくらいの』
『……我が名に懸けまして』
『いい返事だ。カサンドラ、君も元気でね』
『は、はいっ！』
そう言われると、巨狼の姿は掻《か》き消えた。
まるで、白昼夢であったかのように。
けれど、その日、私はハル様と出会い言葉を交わしたのだ。
以来、私は――……。

＊

――目が覚めた。
皇宮の自室のようだ。頭だけを動かし、ベッドから外を眺める。
見えたのは、破壊された内庭と建物。
昨晩――【星落《せいらく》】様と、私が護衛を依頼した【舞姫】殿達とが、争われた結果だ。
意識が覚醒していく。

そうだ。私は決死の戦闘後、倒れられた【舞姫】殿達の拘束を命じたリーンハルトに食ってかかり……怒りに老いた身体《からだ》が震える。

傍に控えていたメイド——私の曽孫の一人でもあるテアが心配そうに声をかけてきた。

私と同じ。長い金髪に金銀の瞳。

「曽御祖母様、お身体に障《さわ》ります。どうか、どうかお怒りをお鎮《しず》めください。治癒魔法はおかけしましたが……興奮されては」

「落ち着いてなどいられるものですかっ！　【舞姫】殿達が死力を尽くされたからこそ、この程度の被害で済んだというのに、あの大馬鹿者はっ……！」

【星落】様——幼きあの日、一度だけお見掛けした銀蒼髪の美女の御力は、数々の伝説に違《たが》わぬものだった。

大陸級の特階位三人と手練《てだ》れが一人。全員がハル様の教え子にして、練達の冒険者。

それでも——……届かない。

凄《すさ》まじい攻防の末、倒れられた【舞姫】殿達。

切断された左腕と穴の空いた腹を眺めた後、瞬時に再生されながら楽しそうに笑われる【星落】様。

増援の聖騎士と聖魔法士達が集結してきたのを確認した後、【星落】様は此方《こちら》を……否《いな》。

大魔法士を見た後、皇帝に対して冷たい視線を叩《たた》きつけられた、

『へぇ…………そういうことをしているんだ。なら、今、ここで君達を殺すのは止めるよ。だけど、その子達に傷をつけたら即座に殺す。帝都ごと容赦なく地上から消す。言っておくけれど、私は貴方《あなた》達の命に重きを置いていない』

瞬間、姿は消えた。あの日のハル様のように。

その時――ガタガタと震え失禁までしていた皇帝があり得ない叫び声をあげた。

『ぼ、冒険者達を拘束せよっ‼　あ、暗殺者の仲間であるっ‼　御祖母様。叔父上も、衝撃を受けておられる。静かな所へお連れせよっ！』

唖然《あぜん》としていた私とディートヘルムは、すぐさま抗弁し――……その後は記憶にない。

気を喪《うしな》い、一室へ押し込められて夜が明けてしまったのだろう。

どうして、リーンハルトは……いや、恐らく『絶対的個』に対する凄まじい恐怖と、皇帝として、そのような存在を野放しに出来ない、という責任感故。

そして、そこに自身が受けた恥辱と憤怒《ふんぬ》。

副宰相、大魔法士、近衛《このえ》騎士団長が、良からぬ何かを吹き込んでいる可能性も大いにあり得る。私は片手で目を覆った。

……帝都を離れ、北方へ隠棲《いんせい》したのは間違いだったのかもしれない。

ただ事態がここまで進んでしまった以上、私がすべきことはもう一つしかない。

あの日以来、片時も放さずにいた片耳のイヤリングを取り、テアへ渡す。

「……曾祖母様？」

一族の中で最も私に似ている少女の両手を握り締める。

「願いなさい。飛べる筈《はず》よ──辺境都市へ。そして、あの御方へ、ハル様へ全てをお伝えして。──……もう一つ私的な伝言を」

「は、はいっ」

既にロートリンゲンは、優しきハル様との約定を全て破ってしまった。

けれど、せめて私だけは……嘘《うそ》を吐くまい。

「六十余年に亘《わた》って私を守護してくれた物を、今日お返しします。それと引き換えに、どうか、どうか！　帝国をお救いください──『黒の君』」

第4章

「もらったわっ！　エルミア、覚悟っ！」

「──む、レベッカ、猪口才《ちょこざい》」

身体に雷を纏《まと》った私は、陽光を乱反射している白髪メイドの後方に高速遷移。

全力で愛剣を振り下ろす！

ハルの魔法障壁でお互い守られているので、手加減は必要ない。

──辺境都市ユキハナの廃教会の内庭に金属音が轟《とどろ》き、小鳥達が飛び去っていく。

エルミアは振り向きもせず、私の一撃を光の剣であっさりと受け止めていた。

「な、何で、今のを止められるのよっ！　完全に裏を取ったでしょう⁉」

「ふっ……そんなの決まっている」

「っ！」

吹き飛ばされ、強制後退。

空中で体勢を立て直し、着地。エルミアは！

――後方首筋に細い指の感触と純白の電光。

こ、この姉弟子……【雷神化】まで使いこなしてくるわけっ⁉

指が引かれ、勝ち誇ってくる。

「まだまだ、私の方がずっとずっと、ずーっと強い。はい、勝ち。十勝目。むふん」

「ウググググ………」

私は無様な惨敗《ざんぱい》に呻《うめ》く外なし。

悔しさに歯軋《はぎし》りしながら剣を鞘《さや》へ納め、雷も消す。

ユキハナに戻ってからは毎日、ハルとエルミアとこうして訓練を繰り返している。

目的は――【雷神化】と魔法剣の形態変化習得！

二年前と比べて私だって成長しているし、コツを摑《つか》むのは難しくなかった。

実際にハルが何度も見せてくれたし、要は剣に纏わせていただけの雷を、身体にまで拡大してやればいいのだ。

ただ……。

「レベッカ、エルミア、そろそろ休憩したらどうだい？」

「ハルぅ～……」

内庭に出て来た黒髪眼鏡の青年に私は駆け寄った。足下にはレーベが引っ付いている。師匠に泣きつく。

「ねぇ……今の見てたんでしょう？　どうして、あの速度を簡単に止められるの？」

「さっきも言った。私が強い」

「私は、ハルに、聞いて、いるのよっ！」

「無駄。当たらない。私は姉弟子だから！」

一瞬で私と並んだエルミアへ手刀を連続で放つも、全く当たらない。

無表情だけど……私には分かるわ。

今、この似非《えせ》メイドは心の中で笑っているっ！

ハルが手を叩き、レーベも真似《まね》っ子。

「はい、そこまで。レベッカ、習得を急がなくてもいいよ。【雷神化】は攻防にとても強力な技だ。でも……使いこなすまでは諸刃《もろは》の剣でもある。魔力消費も激しいし、攻撃が直線的になってしまう。格上相手に使うのは原則禁止だ」

「う～……でもぉ……」

腕組みをした姉弟子が解説してくれる。

「にゃんこレベッカは分かり易《やす》い。使い慣れてもいないから、筋肉の強張《こわば》りと魔力の緊張で察知可能。ただ速いだけなら私には届かない。実戦なら、真っすぐ突っ込んでる最中に額を射貫く。少なくともジグザクに動くべき」

「……簡単に出来るなら苦労はないわよっ！　恒常発動するのだって、大変なのっ！」

しゃがみ込むと、背伸びをした幼女の小さな手に頭を撫《な》でられる。

「？　ママ？？　——いい子、いい子♪」

「……ありがとう、レーベ。味方は貴女《あなた》だけよ」

「きゃ〜♪」

愛《いと》しい娘も同然な生ける魔杖を抱きしめ立ち上がり、その場でグルグル回る。

模擬戦で、穴の開いた地面を魔法で修復しているハルが片目を瞑《つぶ》った。

「短期間でそこまで習得していること自体が凄《すご》いんだよ？　流石《さすが》は【雷姫】だね」

「——……えへ」

胸の中に温かさが満《み》ち溢《あふ》れ、やる気も復活！

レーベを降ろし、黒髪眼鏡の青年におねだりする。

「ハル、もっともっと、も〜っとほめて〜。そしたら、もっとがんばれるからっ！」

「マスター、ほめて〜ほめて〜♪」

「二人は甘えただねぇ」

穴を埋め終えたハルが穏やかな笑みを零《こぼ》す。

その顔を見られるだけで、幸せな気持ちに浸ってしまう。

昔の私が見たら信じられないでしょうね、きっと。エルミアが介入してきた。

「ハル、過度の甘やかしは禁止。あと、私も頑張った。褒めて抱きしめるべき！」

「はぁ⁉ だ、抱きしめるって、何よっ！」

な、なんてことを言い出すのよ、この似非メイドはっ！

まったく──

「ひし」

「おっと？」

「⁉」

姉弟子は一切の躊躇《ちゅうちょ》なくハルに抱き着き、頭を擦《こす》りつけた。

「？ レーべも～♪」

幼女も足に抱き着く。なっ！ なぁっ‼ なぁぁぁぁっ‼

口をパクパクさせていると、エルミアが顔を上げた。

「……ふっ。所詮はにゃんこ。私の敵じゃない」

「こ、こ、この、似非メイドぉぉぉぉ！！！！ ほ、ほらっ！ 再開よっ！ は、離れなさいっ！　次は魔法剣の形態変化を試して――」

「お師匠～来たよ～♪」

「「！」」

建物から廃教会の内庭へやって来たのは、白の魔女帽子と魔法衣。赤茶髪を二束にしているドワーフの少女だった。

極々自然な動作でハルの左腕へ抱き着く。

「ハナ、早かったね。タチアナはどうしたんだい？」

「もっちろん♪　置いて来たよ★」

どうやら、美人副長様は迷宮都市にお留守番らしい。

「……ハナ、あんた」

「勘違いしないで、レベッカ。これは正当な権利よっ！　お互い籤《くじ》を十回ずつ引いた上での決定なんだからっ！」

「あ～……何となく分かるわ」

「でしょう？」

多分一回で決めるという話が三回になり、五回になり……十回までタチアナが譲らなかったのだろう。ああ見えて頑固だし。

エルミアが冷たく勧告した。

「ハナ、用件。そして、とっとと迷宮都市へ帰れ」

「はぁ⁉ 帰るわけないでしょう？ タチアナばっかりお師匠と過ごして……私の番なのは明確じゃないっ！ エルミアこそ仕事へ行きなさいよっ！ もしくは、【勇者】御手製メイド服をいい加減」

「渡さない。私はもう仕事を終えた。そして、籤に不正の匂い……」

「！ ま、まさか……そ、そんなこと、するわけ、ないじゃない」

突然の逆襲に、天下の【灰燼《かいじん》】様は視線を露骨に逸《そ》らした。

うわぁ……これ、やってるわね。ハルが愛弟子《まなでし》を注意する。

「程々にしておきなよ？ タチアナみたいな子を怒らすと、後が怖いからね」

「う、うん。あ、でも、お師匠に相談したいことがあるのも本当だよ？ 《魔神の欠片《かけら》》の封印方法なんだけど、ナティアと相談を重ねて――」

「そこから先は私も参加したい」

空間が歪《ゆが》み、頭に小さな二本の角。銀髪銀眼で、三つ編みにも銀リボンを付けている少女が内庭に降り立った。

ハナと似通った魔法衣姿で種族は混血魔族のようだ。手には黒帽子を持っている。

黒髪眼鏡の青年が目を丸くする。

「おや？　ナティアも来てくれたのかい」

「はい……お師様♪」

「！」

――【本喰《く》い】ナティア。

ハルに教えを受けた最古参の一人。

そんな新たな姉弟子は、黒帽子を胸に当てながら挨拶。

「改めて――【本喰い】ナティア、参上した。エル姉、お久しぶりです。そこにいるのが家猫レベッカかな？」

「猫じゃないわよっ！」

いきなりの物言いに、語気が多少荒くなる。

ナティアはキョトンとした。

「ふむ？　そうなのか？　ハナから聞いた話では、【不倒】と共に、にゃんわん同盟を組んだ、と聞いたのだが……」

「！　ハナぁぁ……？」

「事実だし」

しれっと、私の情報を売ったらしいドワーフの少女は両手を頭の後ろへ回し、鳴らない口笛を吹くふり。こ、この姉弟子っ！

その間に、ナティナはハルの足に隠れている幼女を見つめ、話しかけようとし——

「「「！」」」

先程よりも遥《はる》かに大きな魔力反応が内庭に荒れ狂った。

花が散らされ私達は髪を押さえる。いったい、何……？

——上空から少女が落下してくる。メイド？

「今日はお客さんが多い日だね」

ハルが呟《つぶや》き、風魔法を発動。ゆっくりと、メイドを下に降ろす。

短い白金髪に金銀の瞳。すらり、とした肢体。

服装はメイド服だが高貴さを隠せていない。

エルミアとナティナが呟いた。

「……カサンドラに似ている」「……廃教会直結の転移石だって？」

少女は周囲を見渡し、自分の身に何があったのかを把握。

スカートの泥を払い、ゆっくりと立ち上がった。

——視線はハルへ。

頭を下げ、聞いてくる。

「助けていただき、ありがとうございました。空に放り出されたので焦《あせ》りました。

――……貴方様《あなたさま》が、【黒の君】でしょうか？」

知らない呼び方……エルミア達を見やるも、無言。

あえて反応していないようだ。ハルが首肯。

「……懐《なつ》かしい呼び名だ。君はロートリンゲンの子かな」

「はい」

――きた。

もう少し、ハルやエルミアと鍛錬したかったけれど、仕方ないわね。

後は実戦の中で磨いていくしかない。

メイドの少女は目を潤ませ、必死な様子でハルへ訴える。

「私はテア。ロートリンゲンの庶子です。今はカサンドラ・ロートリンゲン様のメイドを務めております。突然、申し訳ありません。どうか……どうか、御力をお貸しください。このままでは……このままでは曽御祖母様がっ！」

「ハル」「うん」

私が名前を呼ぶと、師はすぐさま反応してくれた。

帝都から転移してきた少女を促す。

「詳しく話を聞かせておくれ。僕は【育成者】のハル。かつて、可愛《かわい》いカサンドラ・ロートリンゲンと約束を交わした者だ」

メル

「ふむ……メルの姐御《あねご》」

「駄目です、トマ。まだ、自重なさい」

私は今にも剣を抜き放ちそうになっている、黒茶髪の弟弟子へ自重を促しました。

部屋の中には、軽装姿の私と鎧兜《よろいかぶと》を身に着け大楯《たて》を背負っているトマ以外は誰もいませんが……扉の外には多数の兵がいます。

帝都中央にある白亜の皇宮、その入り口付近の待合室。

ここから先は帝国中枢。

昨晩、拘束されたサクラ達が監禁されているのは皇宮最奥《さいおう》のようですね。微《かす》かに魔力反応がありますし。私は椅子に背を預けます。

それにしても、待たせるものです。

私達の対処など召喚状を送りつけた時点で決まっていると思うのですが。

出頭した際の対応を思い出します。

『【盟約の桜花《おうか》】副長、【閃華《せんか》】のメルです。召喚に応じて参りました』

『【守護騎士】トマ。参上した』

私達を迎えた若い近衛騎士《このえ》のあの顔といったら！

真正面から来るなんて思いもしてなかったのでしょう。武装を取り上げられることもありませんでした。

急報と私達への出頭命令を聞きつけ、すぐさま武装を整え『団長達の奪還をっ！』と猛《たけ》っていたクランの団員達を説き伏せた甲斐《かい》があったというものです。

タバサとニーナ、帰ってこないレベッカのせいで多忙極《きわ》まる中、早朝駆け付けてくれたジゼルさんにも強く反対されましたが……仕方ありません。

私とトマはハル様の教え子。

そして、ハル様は私達に『仲間を見捨てよ』とは、一度たりとも教えられませんでした。

『判断に迷った際は、信念に基づいて決断しよう』

――椅子の脇に置いている二振りの短剣の鞘《さや》に触れます。

最悪の場合は、王都に残っているサシャへ託しましょう。タバサとニーナ、ジゼルさんも力になってくれるので、後顧の憂いはありません。

私とトマはサクラ達救出に全力を尽くすのみですっ！

意気込んでいると、部屋の外が騒がしくなってきました。

分かり易《やす》い反応で逆に安心してしまいます。

「来たかっ！」

「だから、駄目だと言っています」

「……むぅ」

椅子から立ち上がり、大剣を鞘から抜き放たんとした血気盛んな弟子を、窘《たしな》めます。

普段は温厚そのものなのに、戦闘となると真逆になるのはどうにかしてほしいものです。

「突入せよっ！」『はっ！』

扉が魔法で吹き飛ばされ、多数の兵士達が扉から雪崩《なだ》れ込んで来ました。

私とトマが座っている椅子を取り囲み、剣や槍《やり》を突き付けてきます。

この場の指揮官なのでしょう、白の鎧《よろい》を装着している戦列後方の若い近衛士官へ問いかけます。

「……これはどういう事態でしょうか？」

「黙れっ！　抵抗しなければ命は保証する！　大人しくしく投降せよっ！」

「質問にお答えいただいておりませんが……」

「貴様等の団長及び幹部達には、恐れ多くも皇帝陛下の暗殺未遂容疑がかかっている。のこのこやってくるとは思わなかったぞ、愚か者めっ！」

急報を聞いた際も思いましたが……もう少しまともな理由を考えてほしかったですね。

現在の皇帝は大きな失政もなく、穏健な人物と聞いていたのですが……認識を変える必要性があるようです。

「なるほど。つまり――……帝国は私達と戦争をしたいのですね？」

「!?　……き、貴様、何を言って？　し、正気か？」

「そのままの意味です。そもそも団長達が昨晩、皇宮に赴いたのは、カサンドラ・ロートリンゲン殿下の要請に応えてのもの。直筆の書面もございます」

私はおもむろに書状を取り出し机の上に置きました。

――記されているのは、片刃の剣と魔杖の印と女性の字によるサイン。

兵達がどよめき、動揺します。

「カサンドラ様の要請？」「じ、じゃあ、【舞姫】達が拘束されているのは……？」「昨晩の戦闘に関係しているのか？」。情報が正確に伝わっていないようですね。

カサンドラ・ロートリンゲンの人気は未《いま》だ絶大。

その影響力は大きく、敬意を持たれているようです。

だからこそ、サクラ達を安心して送り出したのですが——噂《うわさ》は当てになりません。

蒼褪《あおざ》めている近衛士官へ再度問いかけます。

「我が師は常々こう仰《おっしゃ》られています。『剣を抜き、それを他者へ向けた時点で、自分もまた剣に倒れるのを覚悟すべきだ』、と。本当に私達へ剣を向けて良いのですね？」

表情には深い逡巡《しゅんじゅん》。

けれど——軍人としての義務感が勝ったのでしょう。

近衛士官は剣を抜き放ち、命令を発しました。

「こ、拘束せよっ！」

「——……そうですか、残念です。トマ？」

「うむ。宝珠に記録した。やるとしようっ！」

一声叫び、トマが手刀を一閃《いっせん》。

私達に突きつけられていた剣と槍が砕かれ、衝撃で机もバラバラになりました。相変わらず凄《すご》い気闘術です。

同時に私も鋼属性初級魔法である『鋼尖《こうせん》』を多重発動。

『っっっ！』

動揺する兵達は反撃すら出来ず悲鳴をあげながら、後退していきます。

殺してはいません。ハル様は無益な殺生《せっしょう》を嫌われます。立ち上がり、状況を確認。

戦列を敷いた兵達からは恐怖。剣と槍が揺れる中、多数の治癒魔法が発動。

私達の拘束を命じた近衛士官の顔は真っ白。満面の笑みで声をおかけします。

「有難《ありがと》うございます。貴方《あなた》のお陰です」

「な、な、何を……何を言っている……？　じ、自分達が何をしているのかっ、理解しているのかっ⁉　抵抗すれば、貴様等は……て、帝国そのものを敵にするのだぞっ！？」

私は両手を合わせ、答え合わせ。

「いいえ――これは正当防衛です。先に仕掛けてきたのは貴方達なのですから。うふ……帝国軍の精鋭と戦える。血が沸き立ってしまいますね★」

隣のトマが兜《かぶと》を下ろし大楯を構え、同意してくれます。

「うむっ！　聖騎士や近衛騎士団団長、『勇者』『剣聖』とは一度、戦ってみたいと思っていた。良《い》い機会だっ！」

「そうですね。私も聖魔士と大魔法士とは遊んでみたいと思っていました。サクラ達を探しつつ薙《な》ぎ払《はら》うことにしましょう。では……やりましょうかっ！」

十年前、特階位になった際、ハル様から下賜《かし》されし双短剣『アテナ』『パラス』を抜き放ちます。純白の剣身が何時みても本当に美しいです。

剣身に黒の刻印が瞬《また》き——魔力効率が急上昇。

私が唯一まともに使える鋼属性の上級魔法を数十発構築します。

隣のトマも愛用の大剣を抜き放とうとしています。派手にやる気ですね。

周囲の兵達と士官が後退《あとずさ》り。まだまだこれからですよ？

「うふふ……楽しみです♪　改めまして——【閃華】のメル参ります！」

「うむ……楽しむとしよう——【守護騎士】トマ、参るっ！」

私達の動きに混乱したのか、統制が取れず三々五々迎撃して来た帝国軍を蹴散らしながら、広い廊下を玉座がある奥へと進みます。

皇宮は大きく二つに分かれています。

入り口から中心までは高級官僚たちや警護兵達が詰めています。

そして、中心より奥に玉座や謁見の間、ロートリンゲン家の血族、帝国の重鎮達、近衛の本隊がいて、サクラ達もこの場所にいるようです。

私達が突入したことに気付かない子達ではありませんが、動きはなし。

怪我《けが》をしていなければ良いのですが……。

延々と続く石廊を駆けていると、トマが話しかけてきました。

「メルの姐御っ！　団長達との合流を優先するか？」

「私達が来たのはあの子達も分かっている筈《はず》です。目の前の敵を薙ぎ払いつつ進んでいけば良いでしょう。決して油断しないように。ハル様の教えを憶《おぼ》えていますね？」

「無論！」

私は満足を覚え軽く双短剣を振り、数百の魔法を発動。

廊下の天井、壁、床に感知式の『炸裂鋼尖《さくれつこうせん》』と『棘沼鋼尖《ししょうこうせん》』を無数にばらまきます。

『メル、戦闘においては各個撃破が基本だ。建物内で戦う時は追撃してくる相手にも気を配らないといけない。覚えておいておくれ』

はい！　ハル様。覚えています！　実践しています‼

……えへへ、後でお褒めいただけるでしょうか？

「うむ……メルの姐御。この罠《わな》の数…………過剰ではあるまいか？　追撃してくる連中の心配をする訳ではないが……死屍《しし》累々になると……」

「何を言うんです？　初級魔法ばかりですよ。しかも、殺傷力は抑えて、とても分かりやすく敷設《ふせつ》していますっ！　『多頭蛇』の猛毒や、『三尾大蠍《さんびおおさそり》』の麻痺《まひ》毒、『巨人喰蜘蛛《きょじんぐいくも》』の酸性毒もばらまいてもいませんっ！　私の優しさの証明ですね！」

「うむむ……いや、そうだな……姐御《あねご》が、そう言うならそうなのだろう……」

……だから、何です？　その顔は。どうして、涙目になっているんです？

仮にもここは帝国の中枢――皇宮なんですよ？？

本来ならもっと周到に張り巡らすところなんですが……自嘲します。

「多属性が扱えればもっと良いんですけどね。私が使えるのは『鋼』と『水』が少しだけですから……」

「ふむ。だが、姐御の水属性魔法も中々だと思うのだが」

「喧嘩《けんか》を売っているんですか？　自分は水属性魔法の治癒魔法を極めてるからって！」

――ハル様は基本的に私達が一番向いている方向へ導いて下さいます。

今から二十年前、私がとある戦場であの御方に拾われた時……殆《ほとん》ど何のスキルも持っていませんでした。

にも拘《かかわ》らず――僅か十年で特階位【閃華】になった時、私は別人になっていました。

私はまだ百年と少ししか生きていませんが……この成長は尋常ではありません。

特階位になった後、思い切ってハル様へお尋ねしたことがあります。

『どうして、私に鋼魔法が向いているとお分かりになられたんですか？』

すると、ハル様は悪戯《いたずら》がバレた時のような愛らしい表情で私に教えて下さいました。

瞳に映っていたのは、見たこともない紋様。

『ふふ、僕の目はね――一度だけその人が持っている現時点のスキルと『未来の可能性』をほんの少し視《み》ることが出来るんだ。君の場合はそれが鋼魔法だったのさ。未来は人が選んだ路《みち》によって大きく変わるし、万能にはなり得ないけれど……みんなには秘密だよ？』

そう――……秘密なのですっ！　誰にも言っていません。言いませんともっ！

だって、これはハル様と私との秘密なのですからっ‼

トマの場合は水魔法。

しかも、その中でも治癒魔法。当然、他の人に育てられていたら後衛だった筈です。

けれど、この弟弟子は今や帝都でも屈指の前衛となっています。

胸甲を叩《たた》き、同意を示してきます。

「うむ。師には感謝している。俺は幼い頃から前衛に、剣士になりたかった。しかし……故郷や、他の場所では治癒魔法がある為《ため》に、『後衛をやれ！』と言われ続ける日々だったのだ。――……が、あの方は違った」

「まずは剣技と体術。そして、気闘術を磨けばいい、と示してくださいましたからね。結果、今では【守護騎士】様ですか。自分と味方を回復させつつ最前線で戦う重騎士。……その水属性、私に半分譲りませんか？」

弟弟子との距離がやや離れていきます。

「……姐御、目が笑っていないのだが……」

「本気ですから。ハル様は、誰であっても自分と味方をある程度、治癒出来るようになることを望んでおられます。もう少し上手になりたいんですよ」

「むむ……十分だと——姐御！」

「ええ、分かっています」

前方には、天井まで届く巨大な扉。

——あそこが皇宮中心ですか。

奥には多数の魔力を感知。今までとは圧倒的に技量の異なる相手もいるようです。

右手の『アテナ』を軽く振ります。

無数の鋼の剣が顕現し、巨大な扉をバラバラに切り刻みました。先へと進みます。

現れたのは広い空間。高い天井に豪華な赤絨毯《じゅうたん》。謁見の間のようです。

目の前には剣と槍《やり》を構える兵士達と、白い軍鎧を着た騎士。

そして白いローブを纏《まと》っている魔法士。

……へぇ。

私とトマは立ち止まり、不敵に言い放ちます。

「まさか、聖騎士と聖魔士が僅か一人ずつとは、私達も舐《な》められたものですね。それは驕《おご》りではないのですか？」

＊

私とトマの前に立ち塞がった聖騎士——髭面《ひげづら》で真面目そうな壮年の男が、床に槍の石突を叩きつけながら口を開きました。

「我が名はファイト。帝国聖騎士の『巨人殺し』なり！　【閃華《せんか》】メル殿と、【守護騎士】トマ殿とお見受けする。貴殿らの勇名はかねがね。然《しか》るに……何故《なぜ》、このような暴挙をなす！　今、止まらば、我が名に懸けて寛大な処置を約束する！」

まるで、私達が一方的に悪いかのような物言いですね。

疑問を抱いていると、トマが叫びました。

「聖騎士殿！　ご厚情は有難《ありがた》く。が——闘争を望まれたのはそちらであるっ！」

「……我等が闘争をだと？」

「こいつ等は、陛下を暗殺しようとした連中の仲間だぞ？　無駄な会話はするな」

「……グリム」

聖騎士の後ろにいた、聖魔士——気の強そうな金髪の青年が会話を遮りました。

……裏がありそうです。


目の前にいるのは、聖騎士と聖魔士が一人ずつ。

それと約百名前後の近衛兵《このえへい》が剣や槍を構え、魔法を紡《つむ》いでいます。

途中で蹴散らしてきた兵よりも数は多いでしょう。

——多少の数的劣勢なんて私の前では無意味ですけど。

双短剣を軽く振り、鋼属性上級魔法『鋼鎧機兵《こうがいきへい》』を多重発動。

前方に、トマの三倍ほどもある魔法陣を複数構築。中から大きな金属音が響きます。

聖魔士が咄嗟《とっさ》に命令。

「撃て‼　召喚させるなっ‼」「グリム！　この場の指揮官は——」

聖騎士の叱責は聖魔士が発動した上級炎魔法と、兵士達の魔法に掻《か》き消《け》されました。

多数の魔法が私達にも殺到してきます。

が——それらの悉《ことごと》くが十二枚の大楯《たて》によって破砕。兵士達からは動揺の声。

私達の前に並んでいたのは、長槍《ながやり》と大楯を持った十二体の鋼の機械兵達。

壮観ですね。悦に浸っていると、聖魔士の呻《うめ》き声が聞こえてきました。

「馬鹿な！　これだけの数の機械兵を同時召喚するだとっ！！？」

「トマ」「うむ！　分かっている‼」

機械兵達が動き始めます。狙いは六体が聖魔士。残り六体が敵戦列です。

その横をトマが疾走し、聖騎士と激突！　大剣と槍とが火花を散らします。

「我が一撃を止めるとは！　流石《さすが》は聖騎士殿だ‼」

「ぐくっ……な、何と重く、速い一撃なのだ……貴殿、本当に人間かっ⁉」

トマが楽しそうに大剣を振るう度、聖騎士が押されていきます。問題はなさそうです。

奥を見ると――阿鼻叫喚《あびきょうかん》の光景が広がっていました。

「な、何なんだ！　こいつ等は⁉」「速すぎる！」「魔法が効かない！　その大楯を何とかしてくれっ！」「俺の、俺の腕がぁぁぁ！」「足を、足を拾ってくれっ‼」

機械兵達に戦列が蹂躙《じゅうりん》されています。下手な下級悪魔よりも厄介ですからね？

聖魔士は――

「俺様を舐めるなぁぁぁ‼　木偶《でく》共がぁぁぁぁ!!!」

炎が機械兵達を飲み込んでいきます。上級魔法の連打ですか。

聖魔士が憎悪《ぞうお》の視線をこちらに向け、杖《つえ》から炎魔法を発動——する前に、私が紡いでいたモノを見て表情が凍り付きました。

「……ば、化け物がっ！　そ、その規模の魔法を、もう！！？」

「失礼ですね。トマ」

聖騎士を追い詰めていた弟弟子に声をかけます。

私をちらりと見て、引《ひ》き攣《つ》った顔。

「むむ‼　あ、姉御っ⁉」

「『敵対者に対する攻撃は過剰で丁度いい』と、教わりました。後衛なら、絶対に一度は真似《まね》るんです。憧れですから——皆様、動かないでくださいね？　私、【千射】様みたいに繊細ではないので」

「う、うむ？　大姉御は決して繊細では——」

——鋼属性特級魔法『鋼槍千雨《こうそうせんう》』を発動。

虚空《こくう》に出現した魔法陣から超高速で鋼槍《こうそう》が降り注ぎ、次々と床を貫通。

赤絨毯をズタズタにし、大理石を砕き、埃《ほこり》が視界を塞いでいきます。

仮にも帝国最精鋭を謳《うた》われる聖騎士と聖魔士。

着弾寸前に防御魔法を発動させたのは分かっています。

嫌がらせで敷設《ふせつ》してきた罠《わな》群も幾つか発動しているようですし、挟撃される可能性があります。とっとと先へ進むとしましょう。

魔法発動前に退避し、私の隣で剣を構えているトマの顔には動揺。何ですか、その顔は。

「むむ……あ、姉御……それは、その魔法は……」

「時間がありません。私達でも帝都の軍全てと対決するのは自殺行為。サクラ達と合流することを最優先にします」

きっぱりと言い放ち、トマへ目配せをします。鬱陶しいこの砂煙を何とかしなさい。

弟弟子は大剣を真横に一閃《いっせん》。突風が吹き荒れ、視界が開けます。

見えたのは――無数に突き刺さっている鋼槍と動きを止めている機械兵達。

兵士達の頭上へ重ねられた多属性の魔法障壁。その過半は既に崩壊しています。

大理石の床と周囲の柱には鮮血。周囲には濃厚な血の臭い。苦鳴と悲鳴と怒号。

「糞《くそ》！　糞‼　糞!!!」「傷口が……傷口が埋まらないっ！！？」「血が、血がぁぁぁ」「この槍を抜いてくれっ……」「【業火《ごうか》】殿と我等が全力で防御してこれ程の被害を⁉」

今回の『鋼槍千雨』は貫通を重視。槍先《やりさき》は鋭くし鋼属性中級魔法『呪鋼』を展開させています。毒も塗布していませんし、治癒魔法を使い続ければ死にはしないでしょう。

白銀の鎧を血で染め、治癒魔法を発動させながら聖騎士が口を開きました。

無傷ながら魔力を大きく減らした聖魔士も、私へ憎悪の視線を向けています。

「貴殿らは何者なのだ……？　余りにも強すぎるっ！」

この二人も弱いわけではありません。第一階位は超えているでしょう。

が……特階位には達していません。

私とトマの相手をするには格落ちです。

「普通の冒険者ですよ。では——蹴散らさせていただきます」

「くっ！」

「……大魔法士のジジイの思惑に乗るのは癪《しゃく》に障《さわ》るが、仕方ねぇ。『切り札』を使う」

聖騎士が呻く横で聖魔士が懐《ふところ》から何かを取り出しました。

親指程の小瓶？

青年が一気に、中に入っている気持ち悪い黒い液体を呷《あお》りました。

〝ウォォォォォォォォォォ！！！！！！〟

——突如として、聖魔士の身体《からだ》から巻き上がる魔力渦と炎。

今までよりも数段上の魔力ですが……どす黒く、邪悪です。トマが警戒を訴えます。

「……姉御」「単なる魔力増強剤にしては強力過ぎます。人の扱うような力では」

「ごちゃごちゃ、言ってンじゃねぇヨっ‼　ここからガ本当ノ闘イだロうがっ‼‼」

目を血走らせた聖魔士が黒き炎弾を複数展開。先程とは、威力も規模も桁違いです。

私は左手の『パラス』を振るい、鋼属性上級魔法『鋼獅子《しし》』を発動。

鋼槍に貫かれ沈黙していた機械兵達が再稼働《かどう》し、槍と融合。次々と集結――合体。

巨大な鋼の獅子となり広場の中央で咆哮《ほうこう》をあげました。

「なっ！」「ちっ……」

聖騎士が驚き、聖魔士は舌打ち。展開していた黒い炎を獅子へ向けて放ってきました。

――甘いですね。

黒炎弾は直撃する前に青白い光へと分解、消失していきます。

「その子は各属性に対する耐性持ちです。死ぬ気で挑んでくださらないと。トマ？」

「聖騎士殿！　我等は先程の続きをいたそう‼」

弟弟子が広場を疾走、一気に距離を詰めていきます。

聖騎士も槍を構え、後方の近衛兵達も援護しようとしているようです。

では、私も――

「っ！」

咄嗟に『パラス』で、黒い炎槍を受け止めます。

……獅子の障壁を越え私へ魔法を届かせましたか。侮《あなど》り過ぎていたようです。

「てメえの相手ハ俺様だっ!!!」

「先程よりはマシですね」

獅子を聖魔士へ向け前進させます。数十の黒炎が次々と直撃。

一部は魔法障壁を貫き着弾、大きな傷口を形成。

しかし、構わず獅子は前進。傷口も即座に回復します。

「⁉」

「魔法生物ですよ？　核を潰すか、私を倒して、魔力の供給を絶たない限り不滅です」

獅子が口を大きく開け、『鋼槍雨《こうそうう》』を聖魔士へ放ちました。

無数、と形容していい鋼槍の雨が降り注ぎ――

「舐めルなァァァ！！！」

黒炎が迎撃、拮抗《きっこう》します。ハナの【黒葬《こくそう》】に似ていますが、非なるものです。

とても嫌な感じ……用心しておきましょう。

『炸裂鋼尖《さくれつこうせん》』を乱射しつつ、右手の『アテナ』で構築していた魔法を静音発動。広場一帯へ秘かに展開させます。

『鋼槍雨』の発動を終えた獅子に黒炎が殺到。

魔法障壁に壁突し、やがて突破。飲み込まれていきます。

この力……呪いに近い。魔力の繋《つな》がりを絶ち、双短剣を構えます。

獅子を倒したものの、荒い息をしている聖魔士が濁った目を私へ向けてきました。

「はぁハァ……次ハ、てめエ、ダ、っ！」

「既にお疲れのようですが？」

「黙レっ！」

黒炎が数十の槍《やり》の形となります。意趣返しでしょうか？

次の瞬間、私へそれらが放たれ——戻って来たトマが大楯で全て防ぎきります。

全身に治癒魔法を発動させていますが、血塗《ちまみ》れです。

「聖騎士に精兵達の適切な援護が付くと厄介ですね」

「うむ。増援も来よう」

「妙な薬は気になりますが……先へ進みましょう。あちらも限界が近いようですし」

双短剣を振るい、再び『鋼槍千雨』を構築。

肩で息をしていた聖騎士と聖魔士は目を見開き、絶叫。

「アレを撃たせるな‼」「糞がっ！　糞っ‼　糞っっ‼」

再び鋼槍が降り注ぎ見る影もなくなっている大理石に穴を穿《うが》ち、粉塵《ふんじん》。

「トマ」「うむ！」

大剣が一閃。再び視界を開きます。

見えたのは皇宮奥へと続く道の前方に展開された強力な結界の光。

空まで続き半円状に皇宮を覆っています。

鋼槍はその前方で折れたり、途中から消滅していました。

結界内にいた聖魔士が蒼白《そうはく》の顔になり、私を見て壮絶な笑み。

「くくく……この結界はなぁ、六十数年前の、真龍共による皇宮襲撃でも最後まで抜かれなかったっていう代物だ。ジジイから始動鍵を預かっといてな正解だった、ぜ……」

「なに……斬ってみせようっ!!」

裂帛《れっぱく》の気合いと共に弟子は大剣を大上段に構え、振り下ろしました。

轟音《ごうおん》と共に結界へ直撃！

「無駄だぁぁ！」

聖魔士が勝ち誇り、結界は何事もなかったかのように健在です。

「まだまだですね。私の番です」

――軽く『アテナ』を振ります。

結界内に閃光《せんこう》が走り、極小の鋼の花弁《はなびら》が聖魔士へと超高速で殺到。

「！」

悲鳴すらあげさせず、ズタズタに切り裂き、強制的に意識を刈り取ります。

次に結界を内からこじ開けにかかります。

花弁を一点に集中させ、魔法を錐《きり》状に。

それを見ていたトマも次々と斬撃を放ち遂《つい》に穴を穿ちます
――その間、ほんの一瞬でしたが私達は結界内へ侵入を果たしていました。

結界は自動修復され、閉じていきます。敵の増援は入れるのでしょうかね？

眼前では聖騎士と兵達が絶句中。

「うむ……姉御、この魔法は……」「トマ、私の代名詞に何か？」

「……そうか……これがあの……」

立ち尽くす聖騎士が言葉を振り絞りました。

「うふふ……鋼属性特級魔法【閃華《せんか》】です。以後、お見知りおきを★」

鋼の花弁が煌《きら》めき閃光となって、兵達に襲い掛かります。

「対魔法防御っ！」

近衛《このえ》士官が絶叫すると、流石《さすが》は帝国軍の精鋭。

次々と防御魔法が発動し数十の『石壁』『風陣結界』『水防網』を展開しました。

普通の魔法ならば、かなりの効果を望めるでしょう——ええ、普通の魔法ならば。

【閃華】は、防御魔法を通過。

兵達を切り裂き血の雨を降らせ、防御魔法そのものも消滅させせます。

「ひぃっ！」「ど、どうしてだっ！！？」「ち、治癒魔法だ！　急げ‼」「だ、駄目ですっ！　魔力がもうっ‼」「馬鹿な……何だ……何なんだ……こ、この魔法はっ⁉」

——【閃華】はハナの考案を、ハル様が私だけの為《ため》に創造してくださった魔法。

既知の防御魔法であれば、鋼の花弁は接触した瞬間に同質化。通過します。

防ぐには、防御魔法の構築式を弄《いじ》るか、大魔力そのもので防ぐか、治癒魔法を連続発動するしかありません。しかも、この魔法は傷つけた相手の魔力を喰《く》らい、自らの動力に変えます。

それがなくならない限り、私の魔力は減らず、恒常展開されるのです！

私は鋼属性中級魔法『鋼壁牢獄《こうへきろうごく》』を発動。

聖騎士を除く、近衛兵《このえへい》達を一網打尽にし閉じ込めます。

折れた槍を手にしボロボロになっている聖騎士へ微笑《ほほえ》みかけます。

「幾つか質問があります」

「……何だ」

「一つ目は、貴方《あなた》へ今回の件がどう伝わっているか、です。我が団長達は、カサンドラ・ロートリンゲン様直々の御依頼で、昨日、皇宮に赴いたのですが、ご存じですか？」

「っ⁉」

「聞かされていない、と。二つ目です。先程、聖魔士が使った薬らしき物は何ですか？」

「し、知らぬっ！　我等、聖騎士と聖魔士とでは、指揮系統が異なるのだ。我等は近衛騎士団長に。グリム達は大魔法士殿指揮下にある。私自身も長く北方へ派遣されていた。妙な噂《うわさ》は聞いていたが……」

「噂？」

「大魔法士殿が、古帝国時代に用いられた秘薬の複製に成功した、というものだ。……本当だったようだがなっ」

「なるほど。ありがとうございました。では、ご機嫌よう」

『アテナ』を振り【閃華】を——何です？　トマ。

弟弟子は私の前に立ち、大剣と大楯を聖騎士へと向けています。

「ここは剣で決着を。聖騎士ファイト殿！　最後の勝負といたそうっ‼」

「……おうっ‼」

トマと聖騎士が互いに笑いあいます。……男の子なんですね、幾つにもなっても。

聖騎士は折れた槍を放り投げ、騎士剣を引き抜きました。

——一瞬の静寂。

ほぼ同時に二人が動き、交錯。

折れた騎士剣が宙を舞い、血に染まった大理石へ突き刺さりました。

ドサッという音と共に聖騎士が倒れます。トマが振り返り目礼。

「ファイト殿。貴殿の剣技、しかと見せていただいた！」

「聖騎士と聖魔士も、各個撃破すれば問題はなさそうですね。気になるのは」

「妙な薬であろう。姉御、古帝国とは、あの？」

「——かつて、大陸全土と南方大陸、極東の一部すら長きに亘って統《す》べていた史上最大の帝国。その影響で帝国語は未《いま》だに世界共通言語です。『大崩壊』で数十に分裂し、帝国を継ぐ形で残ったのが今のロートリンゲン朝となります。今更、その名を聞くとは」

「むむ。自らの無知を晒《さら》すようで恥ずかしいのだが……『大崩壊』とは、そもそも何なのだ？　古帝国は世界を制覇したのだろう？　何故《なぜ》、そのような国が分裂を？」

「話は前に進みながらにしましょう。行きますよ」

破壊つくされた謁見の間を越え、再び皇宮内へ。

ここから先には、上位の聖騎士や聖魔士、近衛騎士団団長、そして『勇者』『剣聖』、今回の件に深く噛《か》んでいる大魔法士も待ち構えている筈《はず》です。

隣で治癒魔法を発動させている弟弟子へ声をかけます。

「話の続きです。トマ、貴方は帝国の歴史を何処《どこ》まで知っていますか？」

「……今の帝国が古帝国を継承したのが約二百年前。そして、それを引き起こしたのは、二人の【大英雄】という知識のみだ」

「正確には二百五年前。大陸統一暦だと丁度千年ですね」

「ふむ……つまり、大陸統一暦千年の節目に古帝国が分裂したのが『大崩壊』と呼ばれているものなのだな。では、何故そのような事が？　体制の問題があったと？」

「それだけが原因ではありません。『大崩壊』前にあった事はなんです？」

「……前？」

私は弟弟子へ教えます。

「『大崩壊』前、古帝国は世界全土へたった一柱で戦いを挑んできた【魔神】と戦い、それを辛《から》くも打ち倒しました。実際に為したのは、その数年前、世界の最北方にして果てである『銀嶺《ぎんれい》の地』から生きて帰り、世界を滅亡から救った【女神】の加護を受けし三人の

【大英雄】達。特に功が大きかったのは──【勇者】春夏冬秋《あきなしあき》。そして、激しい戦いの末【女神】もまた力尽きた。これは知っていますね？」

「うむ！　幼き頃は【六英雄】のようになりたいと思っていた。必ず世界の果てを見てやると！　彼の地に封じられたという【始原の者】が目覚めたならば我こそが討つと！」

「では、【魔神】を討った後──【勇者】がどうなったのかを知っていますか？」

「？　その後、とは？　去ったのではないのか？　伝承ではそのようになっていた筈だ」

嗚呼《ああ》……やはり人族には伝わっていないのですね。

当然かもしれません。何しろこれは永久に消し去りたい恥部。

いえ、人族だけではありませんね。他の民族も同じ事です。

言葉を振り絞ります。

「……古帝国は【魔神】討伐を為した【勇者】アキが一人で帝都へ凱旋《がいせん》したその日に捕縛。即日裁判で死刑を求刑。群衆の面前で公開処刑にしました。火炙《ひあぶ》りだったそうです」

「!?」

「罪状は『帝国が疲弊している隙をついて世界崩壊を企《たくら》んだ』でした。代替わりを果たしたばかりの若き皇帝は戦いが終わると、怖くなってしまったのですよ。『銀嶺の地』から生きて帰り、【魔神】まで討伐してみせた彼女の力に」

「馬鹿なっ！」

トマが憤怒《ふんぬ》の表情を浮かべています。

……救いがないのはこの先です。

「残された二人の【大英雄】――【剣聖】と【全知《ぜんち》】は激怒しました。そして、躊躇《ちゅうちょ》なく古帝国へ戦いを挑んだのです。結果、引き起こされたのが」

「……『大崩壊』だと」

「今の王国と自由同盟、帝国の半ばも灰となったそうです。多くの人も……。詳細な記録が残っていないのはその為でしょう。古帝国もまた風前《ふうぜん》の灯《ともしび》。皇帝と一族の大半は虐殺されていましたが、末の息子が彼の地を――辺境都市ユキハナを訪れていたのです」

「だ、だが、ユキハナで大きな戦いがあったとは……」

「当然です。起きませんでしたから」

「むぅ……姉御、勿体《もったい》ぶらずに教えてほしい。何があったのだ？」

廊下の先に明るい光が差し込んでいます。

皇宮奥には皇族が管理する中庭があると聞いています。あそこがそうなのでしょう。

「話の続きは後にしましょう。一点だけ教えておきます」

立ち止まり見上げます。トマは訝《いぶか》し気に私を見てきました。

「いいですか？　今から話す事は秘中の秘。みだりに口外してはいけません」

「むぅ……了解した」

「世界が大陸統一暦千年で滅びなかったのは――ハル様が二人を止められたからです」

「！！？」

「さぁ、行きますよ」

絶句したトマの腰を軽く叩《たた》き、私は歩き出します。

ハル様は、私が話をした、とお聞きになられたらお怒りになられるでしょうか？

いえ、きっと少しだけ笑顔でこう言われるのでしょう。

『古い話だよ。けれど――僕はまだ覚えている。彼女達が生きていた時代を。懐《なつ》かしき友が笑いあう姿を』

＊

中庭へ侵入する前に準備をします。左手の『パラス』を振り『鋼鎧機兵《こうがいきへい》』を発動。前方の魔法陣から、長槍《ながやり》と大楯を持った機械兵二十四体が姿を現しました。

私にはエルミア姉様のような、全距離対応の圧倒的な戦闘力がありません。接近戦に持ち込まれれば、戦術的に負けと言えます。トマへ一声。

「行きますよ」「うむ！」

機械兵達を先行させ廊下を歩いていくと、中庭へ近付くにつれて壁や床に大きな亀裂が走っています。

唐突に廊下が途切れ目に入ってきたのは――凄《すさ》まじい力で破壊された廃墟《はいきょ》でした。

植物も根こそぎにされています。質問。

「此処《ここ》でサクラ達が戦闘をしたようですね――間違っていませんか？」

「……バレていたか」

哄笑《こうしょう》が聞こえ、庭の一角から、数人の男達がぼんやりと姿を現しました。

『アテナ』を振るい、【閃華《せんか》】で容赦なく先制攻撃を仕掛けます。

一帯全体に鋼の花弁《はなびら》が煌めき、閃光《せんこう》の奔流となって襲いかかります。

手応えがなく、掻《か》き消えます。

「囮《おとり》魔法ですか」

「これだから下賤《げせん》の輩《やから》は困るのだ。戦場であろうと、会話を楽しもうではないか」

今度こそ中庭奥から姿を現したのは、長杖を持ち、紫色の帽子とローブ姿の気持ち悪い笑みを浮かべている老魔法士でした。

後方には、目元を覆う仮面を被《かぶ》った純白ローブの魔法士――聖魔士が合わせて三人。

聖騎士はいません。疑問を感じながらも、老人へ言葉を発します。

「貴方はどなたでしょう？　邪魔をなさるのならば容赦はしませんが」

「噂に聞いていたとおりか。儂《わし》はシャフテン。帝国大魔法士シャフテン・ゴスだ」

「……大魔法士様は前衛無しで私達を止められると？」

「まさか。儂は近衛《このえ》の馬鹿共とは違う。特階位を侮《あなど》ったりはせぬ。かつて侮った結果、【天魔士《てんまし》】から生涯の恥辱を味わったのでな。だが、奴《やつ》は強過ぎる。【星落《せいらく》】もそうだ。国家の武力に匹敵する個など……存在を許す訳にはいかぬっ！　この機会にまずは貴様達を帝都から排除。そして、その力をどうやって手に入れたのか、実験させてもらうとしよう」

嘗《な》め回すような視線が心底気持ち悪いです。全力全速で潰しましょう。

――奥の石廊の陰から一人の青年が姿を現しました。

右手には片手剣。身体《からだ》には鎧《よろい》を着けず簡素な服。

大魔法士の前へと進み、静かな、けれど強い覚悟を持った目で見つめてきます。

「トマ」「……聞こう！　貴殿は何者か！」

「俺の名はクロード・コールフィールド。『剣聖』ということになっている」

「貴方《あなた》が当代の。ですが……大魔法士と聖魔士達の支援を受けるとはいえ、一人で私達と、私の機械兵全員を抑えられると？」

「無理だな。俺の実力じゃ」

直感は最大級の警戒を発しています。トマも何時《いつ》になく厳しい顔です。

機械兵達が槍衾《やりぶすま》を作り、大楯《たて》を構え臨戦態勢。

そんな私達を無視し、青年は冷たい声で大魔法士へ話しかけました。

「……約束は守れよ？　レギンには手を出すな。こいつ等を倒したら、解放しろ。守らなかったら殺す。必ず殺す」

「くくく。分かっている。『勇者』には手を出さぬ。近衛騎士団団長にも掛け合おう」

「…………悪いな。あんた達に恨みはないが、俺の妹の為《ため》に死んでくれ」

『剣聖』は懐《ふところ》から硝子《ガラス》の小瓶を取り出しました。中身は深紅の砂。

先程、聖魔士が使った物と同種？

……いえ、さっきのそれよりも、もっと恐ろしい魔力を感じます。

咄嗟《とっさ》に【閃華】を動かそうとしましたが――『剣聖』は小瓶を一気に呷《あお》りました。

「ぐおおおおおおおおお！！！！！」


獣じみた雄叫《おたけ》びをあげ、青年が変異を開始。

服が弾《はじ》け飛び、身体が赤黒く染まっていき、身体中に見慣れぬ古代文字の刻印。

周囲には禍々《まがまが》しい魔力が渦を巻きます。

堕神かそれに類する呪い⁉

『パラス』を振るい、機械兵の半数を前進させます。

……背筋に特大の寒気。

魔力の中から深紅の光が見え、

「！！？」「姉御‼」

トマが私の前へ立ち塞がり、大楯で斬撃を受け止めてくれました。

前進させた機械兵達と、私達の前で防御態勢を取っていた機械兵達が切り裂かれ、消えていきます。

全二十四体の核を一撃で⁉

魔力が収束し、青年が──呪われた『剣聖』が姿を現しました。

赤黒い魔力を身に纏《まと》い、その目は濁り、会話が成立しそうにはありません。

「……トマ。最悪の場合、貴方は脱出なさい」

「その言葉、そっくりお返しする」

シャフテンが嘲笑《あざわら》ってきます。

「くく、脱出などさせぬ。馬鹿弟子へ渡した古帝国が量産していた【女神】の力を無理矢理引き出す『狂神薬《きょうしんやく》』ではない。本物の《女神の遺灰》の力、とくと味わうがいい‼」

機械兵が壁として期待出来ない。なら！

双短剣を振り、大魔法士と聖魔士へ向けて【閃華】を降り注がせます。

しかし──眼前に出現したのは、大魔法士と聖魔士が三人がかりで構築した大魔力障壁でした。蒼白《あおじろ》い光と共に魔法が分解されていきます。

「！」

「貴様の【閃華】が物理的に防げない事は分かっていた。ならば、魔力そのもので全てを防御してしまえばいい。そして──こうすれば貴様らは閉じ込められたも同然！」

大魔法士は左手の宝珠を地面へ叩きつけました。

中庭だけを囲うように大規模戦略結界が展開していきます。

突破出来なくはないですが……禍々しい魔力を纏った『剣聖』は私達へ相対。

老大魔法士がけしかけます。

「早く殺せっ‼　お前の大事な『勇者』へ『狂神薬』を使用しても良いのだぞっ！」

〈……ソンナコトヲシタラ、殺シテヤル……〉

「っ！　わ、分かっているなら、良《い》いのだ。さ、さぁ、早くやれっ！」

「…………」

『剣聖』が剣を横へ一閃《いっせん》。紅黒の閃光。即座にトマが大楯で迎撃。打ち消します。

私は双短剣を振り、数百の『炸裂鋼尖《さくれつこうせん》』を発動。

『剣聖』は防御すらせず、鋼尖《こうせん》の嵐に曝《さら》されながら平然としています。

血が噴き出すも次々と傷が塞がり前進を継続。自己治癒⁉

魔法を『鋼槍千雨《こうそうせんう》』に切り替え、水属性中級魔法『腐毒《ふどく》』を同時発動。

『呪鋼』も併せて、穂先へ展開。轟音《ごうおん》と共に槍《やり》の雨が中庭一帯へ降り注ぎます。

一発でも掠《かす》れば……そう思った矢先、血塗《ちま》れの『剣聖』が突貫してきました。

手足や背中には槍が数本刺さっていますが、まるで気にしていません。

「ぬぅっ！」

トマが一撃を受け止め、斬り結び、大楯で防御。

【閃華】で援護しますが、『剣聖』の魔力が紅色の盾を形成。全て受け止められます。

「なっ！」

「名高い絶対防御【女神の楯】だ！　【魔神】の一撃すら退けたという伝説を知らぬわけではあるまい？　貴様らが化け物だろうが……神には勝てぬっ‼」

老人の哄笑が鳴り響く中、トマと『剣聖』の斬り合いは激しさを増していきます。

お互い次々と傷を負い、それを埋めながらの戦闘。

普通ならばとうに死んでいます。

「おおおおお！」「……………！」

裂帛《れっぱく》の気合いと共に、トマが『剣聖』を大楯で『剣聖』を殴打《おうだ》。押し返します。

私は双短剣を振り、貫通力に優れる鋼属性特級魔法『王殺貫槍《おうさつかんそう》』を多重発動。

『剣聖』は凄まじい速さで切り払うも、穂先が棘《とげ》状に変化。

躱《かわ》しきれず数本が身体を貫通、地面へ縫い留めます。

【楯】の常時展開は出来ないようですね。

ですが、この魔法では倒しきれません。対龍、対悪魔用の毒を使うしか……。

次の瞬間、『剣聖』は槍を無理矢理引き抜き、私達へ投擲《とうてき》してきました。

あ、これは躱せません。

「姉御！！！！！」

自分の防御を捨ててでも、私を守ろうとする弟弟子の絶叫が聞こえます。

……申し訳ありません、ハル様。

貴方様《あなたさま》に救っていただき、捧《ささ》げなければならない命なのに……私は……。


――戦略結界に覆われている筈《はず》の皇宮上空が真っ二つに割れました。


投擲された槍が雷に飲み込まれ消失し、『剣聖』にも直撃。後退を強いました。

私とトマの身体に七重の支援魔法が発動し、身体能力の向上を実感。

――目の前に二人が、降り立ちました。

黒髪眼鏡で魔杖を手に持つ、魔法士様。

身体に雷を纏わせている、美少女剣士。

「ハル様！　レベッカ！」

「メル、トマ、無事だね」「助けに来たわよっ！」

レベッカ

「さて――どういう状況なのかな？　相手はラヴィーナじゃないようだね？　サクラ達については何も心配いらない。エルミアを向かわせた」

狼狽《うろた》えている敵魔法士達を見やりつつ、ハルはメルへ尋ねる。

戦闘前は綺麗《きれい》に整備されていただろう内庭に、かつての面影を見出《みいだ》すのは困難だった。

地面が抉《えぐ》れ、花は散り、樹木も倒れ、無数の鋼槍《こうそう》が突き刺さり、消えていく。

黒髪眼鏡の青年が私へ目で合図。レベッカ、油断しないように。

身体に纏わせている雷を強め、剣の柄に手をかける。

――【女傑】の使者、テア・ロートリンゲンの報《しら》せを受けたハルの行動は迅速だった。

『サクラ達ならば自力で脱出出来るだろうけど……昔、カサンドラと約束をした。それに、教え子の窮地。なら、応えるのが育成者の務めさ』

そして、私、エルミア、ナティア、ハナ、テアを連れて帝都シキ家別邸へ転移。

エルミアには、テアを連れてサクラ達の救援を。

ナティア、ハナには陽動を兼ね、皇宮真正面からの強攻を指示。

私とハルは内庭へ降り立った、というわけだ。

剣を抜き放ちながら、師の言葉を引き取る。

「ヤバそうなのは魔法士よりも……剣士みたいね。何なの、こいつは？」

未完成とはいえ、私の【一雷《いちらい》】の直撃を受けた男は剣を支えに立ち上がり、身体に刺さった鋼槍を引き抜いた。……人なの？

メルが険しい顔をしながら、状況説明。

「老人は帝国大魔法士シャフテン。剣士は当代『剣聖』。《女神の遺灰》を使用しています。他の三名は聖魔士です」

「…………ふむ？」「……何処《どこ》の国も中央の連中は腐るのね」

故国の一部特権貴族を思い出し、私は顔を顰《しか》めた。

老人がハルへ向けてがなり立てる。

「き、き、貴様は何者だっ！　せ、戦略結界魔法をこじ開け侵入するなぞ……あ、あり得ぬっ！　何をしたのだっ！」

余程興奮しているのか、首元から金属の鎖が飛び出す。

故国で良く見た紋章――……女神教？　帝国の大魔法士が⁉

奇妙な仮面を被《かぶ》り純白のローブを身に着けている、三人の聖魔法士達も臨戦態勢。長杖に軍用攻撃魔法を展開させている。

ハルの瞳に極寒の雪嵐。今まで聞いたこともない、冷たい口調。

「……君にはこう答えた方が分かるか。僕はハル。かつて、【黒禍《こっか》】と呼ばれていた」

「！！！？」

迷宮都市で黒外套《がいとう》も彼をそう呼んでいた。胸がざわつく。私の師は『禍《わざわい》』じゃない！

ハルの眼鏡が光った。

「君のその印——女神教だね？　『大崩壊』後、僕も一度忠告をしたんだけどなぁ……今度、帝国の政治に干渉したら消す、と」

痛烈な罵倒と魔力を受け、老大魔法士の顔が強張《こわば》った。

老人が光のない瞳と虚《うつ》ろな表情の『剣聖』を怒鳴る。

「……こ、殺せ！　そ、その男を早くっ！　妹がどうなってもいいのかっ！！！！」

妹？　確か、帝国の『勇者』と『剣聖』は姓は同じ。

剣士が微《かす》かに表情を変え、憎悪《ぞうお》の感情を老人へ浴びせる。

……こいつ。私は老人へ吐き捨てる。

「つまり……最低最悪の売国奴で、人体実験主義の反吐《へど》野郎で、しかも自分では手を下さない屑《くず》野郎ってことね……」

バチバチ、と紫電が内庭全体に飛び交う。

雷属性特級魔法【雷霆《らいてい》】を紡《つむ》いでおいた、魔剣の切っ先を向け威圧。

「〜〜〜っ！」

シャフテンは顔面を蒼白《そうはく》にしながら、聖魔士達と共に結界を重ねていく。

ハルが淡々と問いを発した。

「どうして、彼女を――【女神】をそっとしておいてあげなかったんだい？　彼女は【魔神戦争】の時、世界を滅ぼす選択肢だってあった。だけど、彼女はそれをしなかった。この世界を、人を愛していたからだ。だから、その身を犠牲にした。なのに君達は……」

老人の髪が長杖を突きつけ、回答。

「だ、黙れっ！　力とは用いるものだっ！　そして……貴様が【黒禍】ならば、貴様こそ、我等が必ず打ち倒すべき仇敵《きゅうてき》!!!　ならばっ、その者や、それに類する者達を討伐するのに世界を守護すべき【女神】の力を用いて何が悪いっ。世界最強である帝国が女神教を排斥していること自体が大いなる過《あやま》ちなのだっ！！！！」

「それが……女神教としての総意だと？　二百年前、自分達の手で彼女を殺しておいて、困った時には彼女に頼る……何とまぁ、ご立派な信仰だね」

「だまれぇぇぇ！！！！　貴様、何をしているのだっ！　殺せっ！　殺すのだっ！」

〈…………〉

顔を紅潮させた老大魔法士が石突で何度も地面を打ち、『剣聖』へ怒号。

血の如《ごと》き紅黒の魔力を放ちながら、剣士が私達へ視線。

私とトマが前衛。メルが中衛に回り、迎撃態勢。

『剣聖』は剣を肩に置き、前傾姿勢。後方の大魔法士達も百発以上の上級魔法を展開。

男の額に血管が浮かび上がり――

「来るわよっ！」「分かっているっ！」「最大火力をっ！」

尋常ならざる速度での突撃。

大魔法士達か攻撃魔法を発動し――

『！』「来たね」

ハルの呟《つぶや》きの直後、全ての魔法が不意に消滅した。原理は不明。

『剣聖』が大きく真横に跳躍。突然、衝撃で地面に大穴が穿《うが》たれる。

頭上からすぐさま逃げたくなる程の威圧感。

「……邪魔」

冷たい女の声が降り注ぎ、老大魔法士達が張り巡らせていた結界が粉々に砕けた。

「っ!?　がっ！」『！』

対応する間もなく発生した竜巻に飲み込まれ、折れ曲がった樹木、石廊に叩《たた》きつけられ、全員動かなくなる。

〈…………〉

『剣聖』は独り体勢を立て直し、上空へ跳躍。

紅黒い魔法剣を大上段に振り下ろす。

特階位の私から見ても恐るべき一撃。残影が弧を描き、

――長い蒼《あお》銀髪で、魔法士のローブを纏《まと》う女は素手で剣を受け止めていた。

「遺灰一瓶ならこんなものかな？　ゴミは所詮――ゴミだけど」

〈!?〉

『剣聖』は石壁に放り投げられ、めり込んだ。

ガクリ、と頭を下げ、気持ち悪い違和感も消える。

深紅の瞳の女が空中に静止。

「ラ、ラヴィーナ姉様……」「ぬぅ……」

メルとトマが怯《おび》え、たじろぐ。

女──【十傑】の一角、【星落《せいらく》】は、ただハルだけを見つめた。

「星の準備はほぼ終わっている。『帝国存続する限り【三神】に関わることなかれ。特に、女神教とは縁を断つべし』。こんな程度すら守れないこんな国の為《ため》に、あの人は……アキ姉はっ！『大崩壊』の時、救うべきじゃなかったんだっ！　たとえ、貴方《あなた》の決断でも……私が、私がっ‼　塵《ちり》も残さず、消し去るべきだったんだっ‼‼」

悲痛な想《おも》いを吐き出し、肩を震わし、大粒の涙を零《こぼ》す。

それは慟哭《どうこく》だった。私達は言葉を挟めない。

ハルとラヴィーナ、そして──【勇者】春夏冬秋。

三人の間に何があったのか、私は知らない。

……きっと、まだ踏み込んではいけない。

魔女は涙を拭い、蒼銀髪を手で払った。

不敵極まる宣戦布告。

「……でも、今からだって遅くない。わたしは今日この日、忌《い》むべき帝国を消そうと思う。言葉は不要。そうでしょう？　ねぇ？　今の貴方に私を止められるかしら？　黒様──いいえ。【育成者】さん？」

「……ラヴィーナ」

ハルが悲し気に目を細め、瞑目《めいもく》した。私達へ指示を飛ばす。

「……メル、トマ、サクラ達を救っておくれ。僕とレベッカで【星落】を止める」

「！　ハル様！」「師匠！」

「お願いだよ」

「……お気をつけて」「……了解した」

姉弟子と兄弟子は不承不承、後退。皇宮内へと消えた。

ラヴィーナがからかってくる。

「へぇ……子猫だけ残すんだ。容赦はしないよ？」

「子猫、ですって……！」

眦《まなじり》を上げわなわなと身体《からだ》を震わし、魔法を放とうとし――ハルの左手に阻《はば》まれる。

「ハル？」

「レベッカ、楽しい講義の時間だ」

「はぁ⁉　ち、ちょっと、何を言って、っ⁉」

「まずは小手調べ」

上空の魔女がほんの軽く、左手を振った。

――周囲に七つの魔法陣。

炎・水・土・風・雷・光・闇の球体へと変化し、数百に分かれていく。

私は半歩後退《あとずさ》り。

「ぜ、全属性……し、しかも、上級魔法を数百発同時展開ですって⁉　そ、そんなの、龍を超えて」

「いくよ？」

ラヴィーナは容赦なく魔法を発動。

対してハルも魔杖を掲げ――

「！」「……へぇ」

同種同数の上級魔法を超高速発動。

数百発の魔法群が中空で大激突！

猛烈な突風と衝撃波で立っているのも困難。両手を掲げ、どうにか踏ん張る。

超絶技巧を披露して見せた、私の師が教えてくれる。

「一つ目――【魔女】は全属性に対して最高の相性を示す。極一部の例外を除き、人の扱う全ての魔法を使用出来る」

「⁉　す、全ての魔法って……」

「凄《すご》い凄い。じゃあ」

魔女が今度は右手を軽く振った。自然と言葉が漏れる。

「嘘《うそ》、でしょ……？」

魔法陣から出現したのは、数え切れない鈍色の鋼槍《こうそう》――鋼属性特級魔法『鋼槍千雨《こうそうせんう》』。

メルが得意とし、使い手は大陸内でも殆《ほとん》どいない魔法すらも使いこなすのっ⁉

「二つ目――」「槍《やり》の雨を楽しむといい」

解き放たれる無数の鋼槍。対して、ハルは魔杖を大きく横へ薙《な》いだ。

私の全周囲に光輝く【楯《たて》】――エルミアの【千楯《せんじゅん》】！

降り注ぐ無数の槍は砕け、折れ、消え去っていく。

――永遠とも思える時間が過ぎ去り、魔女の拍手。

「やる～。それなりに魔力を込めたのに。でも、あの生意気な子の技を使ったのは減点」

「二つ目――『鋼』等の血統に由来する魔法属性であっても例外はない。そして」

「！」

瞬間、雷鳴が轟《とどろ》き――ハルの【黒雷《こくらい》】はラヴィーナを直撃した。

手加減抜き。死んだんじゃ……？

「酷《ひど》い……少しは躊躇《ためら》ってほしいなぁ。傷ついたよ？」

放出が終わるとそこには、変わらぬ魔女の姿。顔が引《ひ》き攣《つ》る。

今まで、ハルの魔法はあらゆる敵に対して有効だった。

威力も私の全力を遥《はる》かに超えていた。なのに……効かない!?

ハルが自分と私へ支援魔法を重ねていく。

「三つ目。【魔女】に対して既存の攻撃魔法はほぼ通用しない。魔法障壁を破るには、瞬間的に障壁を上回る直接打撃を与えるか、魔力量による力押しだけが有効となる。なお……【魔女】を超える魔力量を持つ生物は、僕が知る限り【六英雄】を除いて人側世界には生まれていない。別血統の【魔女】は除いてね」

「そ、そんなの反則じゃないっ！　どうすればいいのよ!?」

「ふふふ♪　さ～て……近くで戦ってみよう★」

魔女が降り立ち、その場で軽く何度か跳びはね──地面を蹴った。速いっ！

「レベッカ、受けちゃ駄目だっ！　全力回避っ！」「っ！」

咄嗟《とっさ》に魔法剣で迎撃しようとした私へ、ハルの鋭い命令。

躊躇いなく退避を選択。

——ラヴィーナが軽く手を地面に叩きつけると、私が立っていた場所から亀裂。

巨大な皇宮自体が大きく揺れた。

ハルが魔杖を振り、四方から次々と鋼の鎖を出現させ拘束を企図するも、まるで問題にせず素手で引き千切っていく。

「きかな～い★」

「くっ！」

魔女の放った単純な蹴りを、ハルは【千楯】を幾重にも重ね合わせた上で受け——吹き飛ばされた。全て粉々に砕かれている。

空中で体勢を立て直し、私の隣へ着地。

解説が継続する中、私の瞳にハルの切り札である《時詠》が宿った。

「四つ目——無限に等しい魔力を持つ魔女は気闘術と恐ろしく相性がいい。そこに固有スキル《剛力》の最上位互換《神力》が重なる。やんちゃだった頃のラヴィーナは、上級悪魔を素手で平然と倒していたよ」

「じ、冗談になってないわよっ！」

上位の悪魔は龍と並ぶ最凶種。

特階位であっても、苦戦を強いられる相手なのだ。

「目の前で私じゃない女と楽しそうにお喋《しゃべ》りして……妬《や》いてしまうよ」

「っっっ!?」

スカートの埃《ほこり》を払い、ラヴィーナは眼前に巨大な七つの属性槍を顕現させた。

この魔力……特級魔法を超えている!

しかも、あれだけの魔法を使った後なのに疲れた様子はなし。

ハルが魔杖の穂先に黒雷の刃を形成していく。

「五つ目――精霊が存在する限り魔力も自動で急速回復していく。人という種族の極致。魔女とは、魔法に愛され、魔法を使う為に生まれてきた種族なんだ」

「そう――だから、こんなことも出来るし」

「っ!」「レベッカ!」

七本の属性槍が猛然と私達を襲撃。

ハルは私の前へ回り込み漆黒の魔法障壁で受け止めるも、四本目が貫通。

魔杖を振るい、受け止める。

――背筋に悪寒《おかん》。

瞳に浮かんだ刹那先の悲惨な光景に抗《あらが》い、身体を動かす。

「こんなことも出来るの」

「くっ！」

転移魔法で後方に現れ、私を摑《つか》もうとした魔女へ全力で魔法剣を振るう。

全力の一撃に手応え無し。ラヴィーナは再び転移、壁の残骸上へ。

転移魔法がどれだけ、魔力を喰《く》うとっ。

魔女は小首を傾《かし》げた。

「私の動きを予測していた？　ああ――《時詠》をかけてもらっているのね？　だから、この場に残したんだぁ……でも」

深紅の瞳にあったのは、絶対的な確信。


「所詮は子猫。私の敵じゃない」


「くっ……」

心の中に弱気が生まれる。……私は圧倒的な格下だ。

その間に七本の属性槍を凌《しの》いで見せたハルは魔杖を回転させ、疲れた様子で息を吐いた。

「ふぅ……違うよ、ラヴィーナ。この子は――レベッカは子猫じゃないし。君の敵でもない。愛すべき妹弟子だ」

「……ハル」

弱気が霧散。逆に得たのは勇気。

そうよ！　私は……私は、ハルの足手まといなんかじゃないっ！

対して魔女は面白くなさそうに、左手を高く掲げた。

「随分と買っているんだね？　なら――……これを防いで見せてよっ！」

「！」

蒼穹《そうきゅう》の空に夜の帳《とばり》が落ちた。

無数の星々が瞬《また》き、魔女の周りを飛翔《ひしょう》。

私はこの伝説的な魔法を知っている。

――戦術特異超級魔法【流星】

現実とは思えない幻想的な光景に言葉を喪《うしな》ってしまう。

伝承によれば、【星落《せいらく》】はこの魔法で、【龍神】の直系すらも葬《ほうむ》ったという。

ラヴィーナが絶対の自信を叩《たた》きつけてくる。

「昨日、戦った【舞姫】達はそこの子猫なんかよりも、ずっと強かった。でも――この魔法の前に為す術も無く倒れた。育成者さん一人なら凌《しの》げても、子猫を守ったままじゃ凌げない。アキ姉ならきっとこう言う。『詰んだ。私の勝ち！』って」

「私は……子猫じゃないわよっ！」

竦《すく》みそうになる足を叩き――【雷神化】を最大展開！

残る全魔力を剣に注ぎこみ、世界で一番信じている人の名前を呼ぶ。

「ハル！」「うん。君は前だけを」

意思疎通は完了。

私は息を吸い、吐き――


「行くわよっ、【星落】！　私が本当に子猫なのか――受けてみなさいっ！」


地面を蹴って疾走を開始！

ラヴィーナが驚き、少女のような甲高い叫び。

「……小娘が。《時詠》は特別な魔法なんだ。死んで後悔すればいいいっ！」

怒りながら【流星】を解放。

人知を超える速度で無数の星が私に迫る。

ハルの支援魔法で身体能力を大幅に底上げされ、【雷神化】で機動性も向上していると
はいえ……数日前の私ならば躱《かわ》せなかっただろう。
——けど。
「！」
「同じ速さの技なんて、散々見せつけられてるのよ、こっちはっ！！！！」
《時詠》による先読みとハルの支援魔法による強化で、自分の身体《からだ》を無理矢理制御。
着弾する寸前で急速転換。
——思い浮かべるのは、白髪姉弟子の【千射】と叱責。直線じゃない、ジグザク。
ラヴィーナが忌々《いまいま》しそうに顔を歪《ゆが》ませる。
「……生意気言うなっ！」
【流星】の数が更に増していく。
対して私は——躱す！　躱す‼　躱すっ!!!
どうしても躱せない一撃は並走するハルが大魔力を横からぶち当て、逸《そ》らしてくれる。
簡単にやっているが……少しのズレも許されない神業。
私の師匠は凄いんだからっ！
内庭全体が崩壊していく中、永遠とも思える距離を詰め——最後の大跳躍。

「舐《な》めるなっ！　小娘っ‼」

ラヴィーナが空中の私を【流星】で完全包囲。逃げる場所がない。

「そのまま！」

ハルの言葉が耳朶《じだ》を打った。私は剣を両手持ち。

黒髪眼鏡の青年は美しき魔短刀【盛者必衰《じょうしゃひっすい》】を抜き放ち——星々へ一閃《いっせん》！

砕け散り、黒銀の氷華が舞う。抜けたっ。

刹那の先——魔女の龍をも上回る魔法障壁、その微細な隙間がはっきりと『視《み》えた』。

直上を取り、最上段から振り下ろす！


「っ⁉」「何時までも、ハルに甘えてんじゃないわよっ！！！！」

驚愕《きょうがく》しているラヴィーナへ白き雷の魔法剣を叩きつけ、吹き飛ばす！

数本の石柱を粉砕し、土煙が立ち上った。

身体の雷が消え、力が抜け——。

「！」

空中で魔短刀を仕舞ったハルが私をお姫様抱っこ。着地し、降ろしてくれる。

体温の急上昇を感じながらも、早口で御礼《おれい》。

「あ、ありがと……倒せてないわよね？」

「どういたしまして。効いてないね。……頭を冷やしてくれればいいんだけど」

土煙の中からラヴィーナが歩いてくる──無傷だ。

手加減はしなかった。それでもまるで通じない。青年へ質問する。

「ねぇ、ハル。【魔女】って、いったい──」

何なの？

最後まで言い終える前に、倒れていた老大魔法士が意識を取り戻し、喘《あえ》いだ。

「はぁはぁはぁはぁ……糞《くそ》っ！　糞っ‼　糞っ‼︎！　……か、かくなる上は……」

懐《ふところ》から巻物を取り出し広げる。この局面でいったい、何を？

描かれた既知の魔法とは一切似ていない魔法陣。

ぼんやりとした銀光を放ち、少しずつはっきりしていく。

──あれは、あれは、駄目っ！

食い止めるべく、駆け出そうとし、

「！　や、止め、な、何をっ⁉　う、ぎゃぁぁぁぁぁぁぁぁ！！！！！！！」

瓦礫《がれき》の中から、人とは思えぬ異形へと変容した『剣聖』が、紅黒い巨大な手を伸ばして老人を摑み、ぐしゃり、と潰した。

地面に小瓶が数本落ち割れ、漆黒の液体が染《し》みこんでいく。

反射的に目を背け——悪寒。

視線を戻すと、漆黒の銀の氷華が吹き荒れ、『剣聖』へ集束していく。

「い、いったい、何が……」「『狂神薬《きょうしんやく》』を喰らった？　………まさか」

急展開に思考が追いつかず、ハルは厳しい顔。

やがて——吹雪が収まった。

地響きと肌に鳥肌。


前方に出現したのは——三つ目を閉じている六足の巨狼《きょろう》だった。

身体は無数の氷晶に覆われ光を乱反射し、漆黒の銀を投影する。

ハルが、焦燥感に満ちた呻《うめ》きを発した。

「まさか——……【銀嶺《ぎんれい》の地】に住まう【銀氷《ぎんひょう》の獣】顕現の禁忌式は、全て僕とアーサーが世界から抹消した筈《はず》!?　い、いったい、誰がこんな、こんな馬鹿なことを………人が踏み入れることが出来ない、【銀嶺の地】に棲まう存在？」

氷の獣が三つ目を開けた。
――深蒼《しんそう》。

「！！！！！！！！！！！！！！！！！」

頬が裂ける程の大咆哮《ほうこう》。耳を押さえる。
獣は前脚を数度蹴り、
唖然《あぜん》としている魔女に鋭い牙を見せつけながら、突進した。
「っ！」「ラヴィーナっ！！！！！」
ハルもまた叫び、黒き雷を纏《まと》い閃駆《せんく》。
――血しぶきが舞った。
獣の牙はハルの半ば無敵に近い魔法障壁を易々《やすやす》と貫き、左腕を掠《かす》め大量出血。
「……少し、大人しくしていろっ！」
普段とは全く異なる低い声を出し、獣は頭を蹴られ、後退。
魔杖の宝珠が煌《きら》めき、至近距離から【千雷】が発動。
無数の黒雷《こくらい》が天空から降り注ぎ、獣を激しく打擲《ちょうちゃく》。身体の氷晶が砕かれる。

「く、くろ……さま………？」

「――……馬鹿な子だ」

左手を負傷したハルは治癒しようともせず――ラヴィーナを右腕で抱きかかえる。

【千雷】に打ち倒された獣に動きはなく、黒銀の氷を撒《ま》き散《ち》らして地に伏している。

……倒せた、のだろうか？

獣へちらりと視線を向けた後、ハルは小さな子供に言い聞かせるかのような口調で、震える魔女を諭し始めた。

「アキは立派な【勇者】だった。じゃなければ、一度も世界を救えやしなかった。けど……けれどね？」

半泣きのラヴィーナと目線を合わせ、いつも通りの微笑。

一瞬だけ目で合図。そこには強い緊迫感。

――獣はまだ生きている。

ハルが魔女の頭に手を置いた。

「自分の大切な子達を縛り付けようなんて、一度だって口にしたことはなかっただろう？あの子が、想《おも》っていたのは――……自分の手の届く範囲の人々の日常を守りたい。ただ、それだけだった。小難しく考える必要なんてない。まして、今を生きる君が彼女の言葉に縛られる必要もね。ただ、忘れないでいてあげれば十分なんだよ。帝国を潰したとしても、彼女は怒るだけさ。『私が何時、何処《どこ》で、そんな馬鹿馬鹿しいことを望んだわけっ⁉』ってね。それが、それこそが――……」

黒髪の青年は涙を零《こぼ》している魔女と額を合わせ、目を瞑《つぶ》る。

「僕等の知る――春夏冬秋じゃないのかな？」

「…………………はい」

ラヴィーナは俯《うつむ》き、小さく小さく頷《うなず》いた。

――砕け散らばっていた禍々《まがまが》しい黒氷が、カタカタと震え始めた。

地に伏していた獣に集まっていく。

固く閉じられていた深蒼の瞳が、カッ！　と開かれた。

私は剣を握り直し、叫ぶ。

「ハルっ！　あいつ、再生して。ちっ！」

放たれた漆黒の氷棘を、【雷霆《らいてい》】と魔法剣で何とか防ぎ切る。

砕いた氷は獣へと吸収され、一向に数が減っていかない。厄介極まるわねっ！

「レベッカ、横に飛んでおくれ」

ハルの言葉を受け躊躇《ちゅうちょ》なく回避行動。

直後──閃光《せんこう》が獣に向け放たれる。【一雷《いちらい》】！

……が。

「嘘《うそ》でしょっ⁉」

獣は次々と氷を集結させ、私の師の雷を散らし、防いでいく。

魔杖の光が止まった。

ハ、ハルの魔法を……防ぎ切るなんて…………。

『～～～～～～～～！！！！！！！！！！！！！！！』

「っ！」

獣の凄《すさ》まじい咆哮に思わず耳を押さえる。瞳には憤怒《ふんぬ》。

私達を囲むように黒氷の剣が出現していく。

全力で【雷神化】し要求。

「ハル、何かないのっ⁉　こう──……一撃で全てを吹き飛ばす魔法とかっ！」

「残念ながらないよ。あいつは、僕とは少しばかり相性が悪い」

「じゃあ、どうす──」

会話が終わる前に、獣は黒氷の剣を解放！

私は魔法剣で迎撃しようと身構え、ハルも左腕を治癒しないまま、魔杖を掲げ――目で追えない星々が殺到する氷の悉《ことごと》くを打ち砕き、本体にも降り注ぐ。


『！！！！！！！！！！』


獣は苦鳴をあげながら身をよじった。

しかも……

「氷が消えていく……？　私達の攻撃じゃ、砕けるだけだったのに……？」

ハルの左腕に過剰な治癒魔法の光。

美しい魔短刀――エルミアが夜話で言っていた、ハルから託されたという【沙羅双樹】を獣へ突き付ける魔女。

長い蒼《あお》銀髪を手で払い、純白のリボンにそっと触り、言い放つ。

「黒様と――……そこのミルク臭い子猫。時間を稼げっ！」

先程まで少女のように泣いていたとは思えない、傲岸不遜な態度。

私はいきり立ち抗議。

「なっ！　だ、誰が、ミルク臭い子猫よっ！　あんたを信じることなんか」

「私じゃなく、黒様を、私達の師を信じられないのかな？」

「っ！　…………ハル？」

言葉に詰まり、師へお伺い。どうするの？

石突を突き、獣の四肢を鋼の鎖で拘束した黒髪眼鏡の青年は厳かに命じた。

「ラヴィーナ、任せる」

「――……はい、我が師父。ラヴィーナ・エーテルハートに万事お任せをっ！」

魔女の魔力が今までとは比べ物にならない程、膨れ上がった。

ふわり、と浮かび魔短刀を高々と掲げる。

――天空に巨大かつ、精緻な魔法陣が出現。戦略特異超級魔法!?

ハルが魔杖を大きく横へ振った。

獣の周囲に七本の石柱が出現――漆黒の雷結界による拘束だ。

『～～～～!!!!』

身体《からだ》の氷を撒き散らしながら、獣が吠《ほ》え猛《たけ》り、四肢の鎖を引き千切っていく。

結界外に歪《いびつ》な形の黒氷の剣が現れ、クルクルと回転。照準を合わせ停止。

余裕のない表情のハルが私を呼んだ。

「レベッカ、あいつに既存魔法はほぼ効果がない。まともに効くのは天敵である【魔女】の魔法のみっ！　だから」

「分かって、るっ！」

青年を貫かんとした数十本の剣を高速機動で切断。

《時詠》と、ハルの支援魔法があれば……今の私でも【雷神化】を使いこなせる。

「【雷姫】の名に懸けて、死守するわっ！　ハルは結界に集中してっ！」

「頼もしいね。……彼はお怒りのようだよ」

獣の深蒼の瞳が私へ叩《たた》きつけられ、剣の嵐が襲い掛かる。

纏った雷を最大活性化。

「はぁぁぁぁぁ！！！！」

愛剣を振るい続け、ハルとラヴィーナを守る！　守る!!　守る!!!

『！！！！！！！！！！』

苛立《いらだ》ちも露《あら》わに、獣は鎖を引き千切りながら右前脚を突き出した。
黒く焦げ、血しぶきがあがるのも無視して雷結界をも突破。
大跳躍し、一本の長大な氷塊と化し私へ迫る。
当たれば……死ぬ。
「「レベッカ！」」
ハルとラヴィーナの切迫した声が耳朶《じだ》を打つ。
――……私の思考は済み渡っていた。
タチアナは迷宮都市で光の剣を放っていた。
なら――私にも出来る。絶対に、出来るっ！
身体が滑らかに動き、愛剣へ全魔力を注ぎ込む。
剣身は深い紫から白紫の光へ。
瞬間、爆発的な大きさに膨れ上がり、
「舐《な》めるなぁぁぁ！！！！！」

魔法障壁の隙間から獣の右前脚を両断！　黒い氷をも消しさっていく。

獣は深蒼の三眼を見開き、憤怒の左前脚を私へ振り下ろしてくる。

至近でハルの心からの賞賛。短距離転移魔法だ。

「御見事！　六つ目だ」

黒雷を纏《まと》わせた魔短刀と魔杖が煌《きら》めき――漆黒の十字斬撃。


『！？！！！！！！！！！！！！！』


獣の左前脚が宙を舞い、更に零距離からの【黒雷】で吹き飛ばす。

ハルは言葉を続けた。

「《時詠》は対【銀嶺《ぎんれい》の獣】用に、【六英雄】の一人【賢者】によって創られた。使いこなせば、剣を如何《いか》なる相手にも届かせることが出来る――今だっ！　ラヴィーナっ！」

「撃ってっ！」

魔女が静かに魔短刀を振り下ろした。

「――【星落《せいらく》】」


大気が震え天空の魔法陣から、巨大な炎の岩石が顕現。

両腕を氷で再生させた獣は口を限界まであけ、大絶叫。

分厚い蒼黒い氷壁を展開していくも、次々と打ち破られ、

『！！！！！！！！！！！！！！！！！！！！』


圧《お》し潰《つぶ》され、炸裂《さくれつ》した。

「きゃっ！」「おっと」

結界越しでも、立っていられない程の大衝撃を受け身体が宙に浮き――ハルに左手を摑《つか》まれ胸の中に。あぅ。

黒髪眼鏡の青年の腕の中で小さくなっていると――……やがて、衝撃が収まった。

恐る恐る外へ視線を向ける。

「……うわぁ」

皇宮の内庭は跡形もなくなり、とんでもない大穴が空いていた。

瓦礫《がれき》に、喰《く》われなかった生き残りの聖魔法士達が埋もれている。

ラヴィーナが魔短刀を鞘《さや》へ納め、すたすた、と穴の近くへ進んで行く。

私は腕の中から動き難《がた》く、そのままハルを見つめた。

「…………死んだ、の？」

「いいや」

魔杖が虹彩《こうさい》を放ち、消えた。

「生きてるよ。外側の【銀氷《ぎんひょう》】だけを削ったんだ。ラヴィーナの魔法制御は大陸屈指だからね。……ただ、薬も過剰摂取したようだし、剣士としてはもう」

ハルの表情は敵に向けるものとは思えない程、悲し気だ。

──『狂神薬《きょうしんやく》』と《女神の遺灰》か。

手を伸ばし、青年の頬に触れようとし、

「きゃっ！」「くろさまぁ～♪」

私はいきなり引き離され、放り投げられた。

空いたハルの腕へ、ラヴィーナが収まる。

子供のような無邪気な報告。

「ちゃんと手加減しましたっ！　殺しませんでしたっ！　褒めてくださいますか？」

「…………困った子だなぁ」

ハルが諦めたように零《こぼ》し、ゆっくりと蒼銀髪を手で梳《す》く。

「ありがとう、ラヴィーナ、助かったよ」

「はい♪」

「…………」

近くに突き刺さっていた愛剣を引き抜く。

……やっぱり、この魔女は、今、ここで、斬った方がっ！

後方に残っていた扉の残骸が吹き飛んだ。

「！　新手!?」

踵《きびす》を返すと、土煙の中に小さな人影。

「けふけふ……ナティア。私だけにメルの罠《わな》解除をやらせんじゃないわよっ！」

「嫌だね。大事な本が汚れてしまうじゃないか。ハナ。私は姉弟子だよ？」

「はぁ……」

溜《た》め息《いき》を吐き、剣を鞘へ納める。

皇宮を真正面から強攻していた、姉弟子達が到着したのだ。

「うわ……派手にやったわね」

帽子と魔法衣を埃《ほこり》で汚したハナ。

「よく、皇宮が残ったものだ」

口と舌を持つ生きている魔導書【異界よりの使者】に乗ったナティア。

ユキハナで見せてもらったけど……奇妙としか言えないわね。

二人共、信じ難いことに無傷なようだ。ハルが名前を呼ぶ。

「ナティア、ハナ」

ドワーフの少女が慌てふためき、弁明。

「！　お、お師匠。ち、違うの。べ、別に喧嘩《けんか》しているわけじゃなくて……」

「お師様。【本喰い】ナティア、命は果たしたよ。敵は全て無力化した。褒めてほしい」

「なっ！　あ、あんた、汚いわよっ！　というか……非人道的な事をして、みんな本の中に閉じ込めたくせにっ！」

あの魔導書は人を閉じ込めてしまうらしい。

ハルに抱き着いたままの魔女といい……最古参の連中って、おっかないわね。

混血魔族の姉弟子が、大魔法士を詰《なじ》る。

「ハナも一週間位、本の世界へ行ってみるかい？」

「……中で【虚月《こげつ》】撃つわよ？」

「！　ほ、本が傷むじゃないか。非本道的だよ！　これは、今度の『会合』で議案に」

「――五月蠅《うるさ》い。静かにしろ」

「「「！」」」

音もなく、魔銃を持った白髪似非《えせ》メイド――サクラ達の救援を行っていたエルミアが私の傍《そば》に降り立ち、ハナ達を注意した。

「ぬぉっ！」

遅れて、白金髪で立派な服を着ている壮年の男性も地面に転がる。……誰？

青年の腕の中にいるラヴィーナへ、エルミアは不満気な視線を叩きつけた後、報告。

「……ハル、サクラ達は救い出した。皆、無事。メルとトマと合流して、今は逃げた近衛《このえ》騎士団団長達を追わせている。副宰相はロスが確保した」

「良かった……ラヴィーナ」「は～い♪」

魔女が指を鳴らすと、皇宮上空で何かが弾《はじ》けた。

――魔力が拡散していく。未知の感知魔法？

ラヴィーナがハルへ、告げた。

「黒様、皇宮内に、魔法で操られている愚者はいないみたい」

「ありがとう。さて――お待たせしたね、ディートヘルム君」

「は、はっ！」

壮年の男性が直立不動でハルへ答えた。

まさか……帝国の大宰相⁉

ハルが淡々と続ける。

「カサンドラは何処《どこ》かな？」

「そ、それは……」

大宰相は項垂《うなだ》れ、言葉を発することが出来ない。

代わりにエルミアが口を開く。

「……カサンドラは心労で倒れた。リルが治癒したし命に別状はない。皇帝は卒倒」

「なら行こう。エルミア、ナティア、ハナ、此処《ここ》は任せてもいいかな？」

「――……ん」「……了解だよ」「……は～い」

多少、不満気ながらも三人の姉弟子達は頷《うなず》いた。

――突如、エルミアが魔銃を放つ。

「「「～～っ！」」」

逃げ出そうとしていた仮面が壊れた聖魔法士達は衣服だけを射貫かれ、恐怖で動けなくなっていた。

白髪の姉弟子が勧告する。

「ちょろちょろ動くな。情報は根こそぎ奪って、その後、十二分に殺してやるから、祈りでも唱えて待っているべき。祈るべき神は、もうとっくの昔に死んでいるけれど」

エピローグ　帝都皇宮最奥《さいおう》

老女は、皇宮最奥の部屋で大きなベッドに寝かされていた。

――【女傑】カサンドラ・ロートリンゲン。

ハルが近づき手を翳《かざ》そうとし――魔女に制される。

「黒様、治癒なら私がするよ。魔杖も眠ってしまったし。子猫様は大して使えないみたいだしね」

「……ラヴィーナ」「なっ！〞私にはちゃんとレベッカっていう名前が」

姉弟子は私の抗議を聞かず、老女へ魔法を発動した。

柔らかで力強い光。超級治癒魔法⁉

暫《しば》くして――カサンドラはゆっくりと目を開けた。

私の師は優しい顔で話しかける。

「目が覚めたかい、お転婆《てんば》なお姫様？」

「……ハル、様？」

老女は不思議そうな顔をし、彼の名前を呼んだ。

すぐさま、テアが近づいて来て両手を握り締める。

「曽御祖母様っ！」

「……テア。有難《ありがと》う。貴女《あなた》は使命を果たしてくれたのね。本当に有難う……」

「いいえ！　いいえ！　私は何も……全て、ハル様とレベッカ様のお陰です」

【女傑】が視線を向けて来た。

齢《よわい》七十を超えているとは思えない程に力強い意志を感じさせる。

英傑と謳《うた》われるだけのことはあるわね。

次いで、ラヴィーナへ目礼した。

「――……【星落《せいらく》】様、此度《こたび》の件、どう謝罪をすれば」

「もういいよ。黒様は気にされていないみたいだし、弟弟子、妹弟子達の成長も感じられた。懐《なつ》かしい顔も見られたし、派手に暴れられた……次はどの道一発で」

「ラヴィーナ、そういう風に病人を脅すのは良くないな」

「……はーい」

魔女は唇を尖《とが》らせハルの左腕に抱き着いた。

そして、私へニヤニヤ。

……こ、この姉弟子っ。エルミアとは違った意味で厄介な性格っ！

カサンドラが泣き続けているメイドに声をかける。

「テア、身体《からだ》を起こしてくれないかしら」

「で、ですが……お身体に障《さわ》ります！」

「お願いよ」

「……はい」

涙ぐみながら、テアはカサンドラの身体を支え、上半身を何とか起こした。

老女は深々と私の師へ頭を下げる。

「……ハル様、お久しぶりでございます。私の結婚式以来でございましょうか」

「カサンドラ……いけない子だ。僕はロートリンゲン家と長く付き合っているけれど、建国されたあの日から、自己犠牲を要求したことはないよ？　テアをわざと逃がしたね？」

話を聞いていた私は混乱。メイドも固まっている。

おずおず、と口を挟む。

「？　ハル、それってどういう意味？？　だって、テアは……」

「おやおやぁ……まだ、分かっていなかったのなぁ？　黒様、幾ら《時詠》への適正があっても、にっぶーいこの子に【剣】の役割を担《にな》わすのは無理だよ。やっぱり、適任はこの私、【星落】のラヴィーナしかいないと思う。ね？　ね？　そうしようよぉ」

ここぞとばかりに、魔女が私を責め立てる。

けれど……私だって、やられっ放しじゃないのよっ！

「……ハルに庇《かば》われた時、本気で泣いてたくせに……」

「！　……どうやら、エルミアは妹弟子の教育をしていないみたいだねぇ」

「ハル離れ出来てない姉弟子達ばかりで困っているわ」

「「……うふふ」」

「ラヴィーナ、レベッカ、その辺でお止《や》め」

「「は～い」」

ハルに止められ、私達は引き下がる。

黒髪の青年が眼鏡を直した。

「カサンドラ……ラヴィーナに星を落とされることを覚悟していたね？　仮にそうなったとしても、サクラ達とテアだけは生かそうとした。僕を信じてくれなかったのかな？」

……エルミアやハナがいなくて良かったかもしれない。

逃走した近衛騎士団団長の追撃に出ている【盟約の桜花《おうか》】の面々も。

あの子達は、ある意味でラヴィーナよりも苛烈だ。

すると、【女傑】は首を大きく振った。

壁際《かべぎわ》に立つ、サクラ達を秘密裡《り》に逃そうとしたという大宰相は緊張仕切っている。

「いいえ。信じております。貴方様《あなたさま》ならば如何《いか》なる窮地をも打破していただける……ですが、此度の件、非は我が孫にあり。反論は出来ません」

「アーサーと僕は友だった。そして、僕は彼の臨終の際に、君達を頼まれたんだよ？」

「貴方様と家祖との約は、我がロートリンゲン家にとって絶対に守るべき規範です。それを当代皇帝は自らの手で否定した。償いはせねばなりません」

「馬鹿だね。大馬鹿だ。物事を難しく考え過ぎるところは、アーサーや君の父親に似たのかな……。僕は言った筈《はず》だ。『何か困ったら、飛んでおいで』と。今回の一件は僕の過《あやま》ちでもある。ラヴィーナを止めるのを怠ったのだからね」

「………………申し訳ありませんっ」

老女は身体を震わせ嗚咽《おえつ》。テアが心配そうに手を握り締めている。

そんな中でも、一連の騒動の中心にいた魔女は何処《どこ》吹く風。

「黒様、以降、仲間外れは無しで。大丈夫！　私が吹き飛ばせば万事解決！　あと、エルミアが着ているアキ姉のメイド服も取り上げた方が――」

「ラヴィーナはこの後、お説教」

「え〜」

そう言いながらも、魔女は心底楽しそうにしている。

まるで、父親にかまってほしい子供みたい。

ハルが大宰相へ声をかける。

「ディートヘルム君」

「……はっ！」

「理解しているかもしれないが、君には改めて報《しら》せておこう。先程、ラヴィーナに皇宮にいる全ての人間が操られていないかどうか、を探《さぐ》らせた」

「!?」

……少しだけ、ハルが怖い。

タチアナかエルミアがいてくれればいいのに。

「精神操作されている人間はいなかった。皇帝君と副宰相君も含めてね。けれど……あの大魔法士や、当代の『勇者』を連れて、戦闘が始まる前から逃げていた近衛《このえ》騎士団団長のように、女神教の信者が大分入り込んでいるようだ。聖騎士も何人かいなくなっているのは聞いているね？　背後には国家やそれに匹敵する組織がいる」

大宰相が息を呑《の》んだ。

顔を蒼褪《あおざ》めさせながら、導き出せる結論を述べる。

「……女神教の手が帝国中枢にまで伸びている……と？」

「君達の覇権争いには興味がない。興味があるなら調べてみればいい。けれど……女神教が個々人の信仰はともかく、現実に影響を与えるのは駄目だ。絶対に認められない。だからこそ、二百年前、アーサーと約束をした。『帝国が【三神】と関わるのは禁止』とね」

アーサー・ロートリンゲン。

新帝国初代皇帝にして、二人の『大罪人』を討ち『大崩壊』から世界を救った英雄王。

当然、嘘《うそ》だ。二人を止めたのはハルらしい。

……廃教会で少しだけ読んだ彼の日記だと、泣き虫で病弱。

何時《いつ》も、奥さんに怒られていたようで、たくさんの愚痴が書かれていた。

でも、エルミアの話だと――

『泣き虫アーサーはハルとの約束を生涯、何があろうとも守った。大反対を受けても帝国領内から女神教を追放し、陽光教《ようこうきょう》を国家の宗教にして、【三神】に手を出そうとは生涯しなかった。あの子は………誰よりも強くて、勇敢な男の子だった』

ハルが顔を顰《しか》め、自分の黒髪を弄《いじ》る。

「……ここ最近平和だったから、諦めたと思っていたんだけど。当代の『剣聖』君は明らかに量産型の『狂神薬《きょうしんやく》』を常用していた。さっきは《女神の遺灰》を媒介に使い――【銀氷《ぎんひょう》の獣】の一端すらも顕現させた。由々《ゆゆ》しき事態だ。帝国はラヴィーナとレベッカに感謝した方が良《い》い。下手すれば帝都は終わっていた」

『！』「黒様、もっともっと褒めて♪」

絶句する私達の中で、魔女だけは平常運転だ。

大宰相が恐る恐る、質問する。

「ハル様、その……『狂神薬』と【銀氷の獣】とは？」

「ディートヘルム君。勉強不足だ」

「はっ……申し訳ありません」

「ハル、私も教えて欲しいわ」

助け舟を出し、黒髪の青年を見た。

師の表情に珍しく嫌悪《けんお》が現れる。

「……『狂神薬』とは、かつて対【魔神】戦とそれに続く『大崩壊』の時に女神教が開発量産した、一時的に【女神】の加護に近い力を得る代わりに、自分の寿命を削る禁薬だ。限界を超えた力を行使出来るけれど、使えば使う程、身体は病んでいく。所詮は借り物の力だからね。『剣聖』君の身体は限界が近かったのだろう。召喚式があったとはいえ、遺灰と複数の薬を用いて【銀氷の獣】を顕現させたのは彼の才能が並外れていたからだ。良き師に出会えば、歴史に名を残せただろうに……」

「【銀氷の獣】っていうのは……さっき戦った化物よね？　あれで、一端なの？」

先程の戦闘を思い出し、怖気《おぞけ》を憶《おぼ》える。単独で遭遇したのなら……。

ラヴィーナが短刀の鞘《さや》に触れた。

「あいつの本体は【銀嶺《ぎんれい》の地】の深淵《しんえん》に封印されている。神すらも平然と殺し、喰《く》らう。今回、顕現したのは断片。教えその七――家猫、悪魔って何処《どこ》から来ると思ってた？」

「断片……？　あ、あんなのが？　しかも、いきなり何を――……まさか」

魔女は犬歯を見せながら、教えてくれる。

「こっち側で暴れる悪魔の多くは、【銀嶺の地】から迷い込む下級の個体が大半。謂《い》わば【銀氷の獣】のなりそこない。中には【魔神】が使役していたのや、長く生きて魔力を溜《た》め込んだ魔物が変異したのもいるし、須《すべか》らく弱い、とは言えないけれど」

「う、嘘でしょ……？」

声が勝手に震えてしまい――思い到《いた》る。

かつて、【六英雄】は世界最北方【銀嶺の地】へ向かい、半数を喪《うしな》いながらも人に仇《あだ》なす【始原の者】を討ち果たしたという。

所謂《いわゆる》『救済戦争』と呼ばれた戦いだ。

……彼等《かれら》が打ち倒したのって。ハルが小さく頷《うなず》いた。

「今の時代に彼女達はいない。本体が顕現したら……。まぁ、媒介に遺灰を使う以上、その前に飲み込まれて【魔神】を顕現させる贄《にえ》になってしまうだろうけどね」

「……へっ？」

私は再び混乱する。

《女神の遺灰》が【魔神】を顕現させる？

カサンドラを見やるも、怪訝《けげん》そうな顔。

ロートリンゲン家は他家よりもこの世界の秘密を知っているとはいえ、全てを知っているわけではないようだ。ハルが説明してくれる。

「【女神】と【魔神】は表裏一体。二人で一人の神だ。優しい【女神】は人を愛し、信じた。【魔神】は人を憎み、呪った。結果……悲劇が起こった。【女神】は死に、【魔神】も死んだ。けれど……一番恐ろしいのは、それを分かっていて利用した人のおぞましさだ。次があったら【女神】も人を救おうとはしないだろう。僕は、僕の名に懸けて、二度とそんなことを許す訳にはいかないんだ。最後に別れる際、そう優しき【勇者】様と約束をしたからね……」

『…………』

私達は沈黙するしかない。

ハルが長い時を生きてきたことを、私はもう知っている。

その中で、多くの人々との別れ、約束をしてきたことも。

……でも。

私は空いているハルの右腕に抱き着く。

「レベッカ？」

「ハル、私はずっと傍《そば》にいるからね？」

黒髪の青年は目をパチクリ。穏やかに微笑《ほほえ》んでくれた。

「ありがとう。レベッカは本当に優しいね」

「当然！」

「……黒様、そうやって妹弟子、弟弟子ばかり贔屓《ひいき》するのはよろしくないと」

「ラヴィーナ、大乱になる。頼りにしているよ」

「！　はい♪」

姉弟子は嬉《うれ》しそうにはにかみ、頬を染めた。

戦場ではあれ程、荒れ狂っていた魔女も、ハルの前では一人の女の子、か。

黒髪の青年が告げる。

「カサンドラ、まずは、近衛騎士団団長と当代『勇者』の行方を追っておくれ。加えて三列強首脳を集め、世界に危機が迫りつつあることの説明をしてほしい。あの時も……【大崩壊】前もそうだった。嵐の前、風は凪《な》いでいたよ。僕も早めに動くとしよう」

元『勇者』レギン・コールフィールド

――まず気付いたのは、濃い血の臭いだった。

激しい剣戟《けんげき》の音。

地面が揺れて、傾く。船の中のようだ。

野太い男の焦燥感溢《あふ》れる怒鳴り声。近衛騎士団団長？

「き、貴様等、何者だっ⁉ 我等に何の恨みがあるっ‼ そのような、黒外套《がいとう》を纏《まと》う手練《てだ》れなぞ聞いたこともないっ‼」

「死ぬ愚か者に聞かせる名なぞ」「ボクの名前はユマ！ 父上に付けて貰《もら》った、むぐっ」

「……馬鹿が」

どうやら襲撃者？　は二名らしい。

口煩《くちうるさ》い義兄の言葉を思い出す。レギン、常に最悪の事態を想定しておけ。

目を開け身体《からだ》を動かそうとするも、両手両足を金属の鎖に拘束されていて外せない。

魔力も封じられているようだ。服も脱がされ下着姿。

「……なん、な、のよ」

口もよく回らない。薬でも盛られたのだろう。

濃霧がかかっていたような意識がようやく覚醒してきた。

あの時――……兄と悪党共が取引している声は聴こえていた。

『……分かった。俺がそいつを使い、侵入者共を斬る。だから、妹には手を出すな。終わった後は解放しろ』

『いいだろう。良いですね？　近衛騎士団団長殿』

『――構わぬよ。騎士に二言はない』

『だ、そうだ。では、参ろうか――『剣聖』クロード・コールフィールド殿？』

『……ああ』

兄と……大魔法士と近衛騎士団団長の取引。

『そいつ』って、いったい何だったんだろう？？

目を開けようとした。

けれど……どうしても開かなかった。

誰よりも聞き慣れた足音が遠のいていく。同時に、私の顔を覗《のぞ》き込む気配。

『意識は無し、か。……こうして見れば飼ってやっても良い顔と身体だが、流石《さすが》に薬漬けになる予定の女ではな。おい』

『はっ！　脱出の準備は出来ております』

——……鎖を乱暴に動かす。

そうだっ！　そうだっ‼　そうだっ‼

近衛《このえ》騎士団団長達は、大魔法士と兄さんに戦わせておきながら、自分達は私を連れて皇宮から逃げ出したんだっ！

何度も何度も、鎖を動かす。けれど、びくともしない。

——いつの間にか、外からは何も聞こえなくなっていた。

船室の扉が開き、二人の黒外套が入って来る。

顔は見えないが……男と女だろう。

背の低い方と視線が交錯した。

何故《なぜ》か慌てだし、すぐさま隣の黒外套の足を蹴る。

「バカっ！　ユグルトは見ちゃ駄目っ‼」

「ぬっ！　何故だ？」

「何故って……と、とにかく、駄目ったら駄目っ！　ボクがいいって、言うまで外で待機してろっ‼」

「いや、しかし」

「で・て・けぇぇぇぇ！！！！」

背の低い黒外套は大声で喚《わめ》き散らし、もう一人の黒外套は閉口した様子で出て行った。

扉が閉まり魔力の灯《あか》りがついた。もう夜のようだ。

「……ね、ねぇ？　だ、大丈夫？？」

黒外套の少女が私へ尋ねた。

……愚問に過ぎる。鎖が激しい音を立てた。

「だい、じょうぶなわけ、ないじゃないっ！　わたしを、はやく、かいほうしてっ！　わたしは、にいさんを……おにいちゃんと一緒に、戦わないといけないのっ！！！」

「…………そっか」

少女は小さく零《こぼ》し指を鳴らした。鎖が外れる。

身体を動かそうとするも、ベッドから落ちただけ。

「ボクの名前はユマ。大英雄【全知《ぜんち》】の子。お姉さんが帝国の『勇者』なんだよね？」

「……そう、だと言った、ら？」

肘をつき起き上がろうとするも、どうしても立てない。

……【全知】。二百年前の『大崩壊』を引き起こした大罪人だ。その子供？

ユマが近づき、布をかけてくれる。

「落ち着いて聞いてね？　……貴女《あなた》のお兄さんは」

「死んでないわ。あの人は頑固だし、意地悪だし、口煩いけれど、私を独りになんかしないもの。絶対に」

「…………」

私の断言に、少女は沈黙しベッドに座った。早口で提案してくる。

「うん、きっとそうだね。でも、これからどうするの？　この船は南方大陸へ向かっていたみたい。お姉さんはそこで女神教に引き渡される予定だったんだよ？」

「…………復讐《ふくしゅう》するわ。一番後ろで画を書いた奴《やつ》に」

「ふ～ん。ならさぁ――」

少女がフードを外した。

頭には二本の小さな角。髪には様々な色が混じっている。見たこともない人種だ。

笑顔を浮かべ、手を伸ばしてくる。

「ボク達と一緒に来ない？　丁度復讐中なんだ、この世界に対して。死んじゃった父上もよく言ってたよ？　『袖振り合うも他生の縁』って」

「……意味が良く分からないけれど」

小さな手を摑《つか》み、立ち上がる。

「乗ったわ。レギンよ。……外で聞き耳を立てている彼にお伺いを立てなくていいの？」

「！　ユグルト‼」

少女は外に向かって叫んだ。何かを倒す音。温かいものが心に満ちる。

兄さん、私は大丈夫みたいです。

必ず、必ず助けに行きますから……それまで、死んじゃ駄目ですからね？

私は頰を膨らませている少女を見やりながら、帝都に残った兄を想《おも》った。

——この少女との出会いが、私を再び苛烈極《きわ》まる戦場へ誘《いざな》っていくことになるのだけれど、それはもう少しだけ先の話。

あとがき

四ヶ月ぶりの御挨拶、お久しぶりです、七野《ななの》りくです。

『公女』↓『辺境』の連続刊行、楽しいんですけど、頭が混乱するんですよね。

作者一言、あとがきも一応確認……うん、大丈夫。

取りあえず四巻です！

本作はＷＥＢ小説サイト『カクヨム』で連載中のものに、加筆改訂したものです。

今巻は、加筆、という単語内に留《とど》まっていると思います。

内容について。

最古参組の過激派がやって参りました。

辺境世界は、公女世界以上に入り組んでおりまして……あの子の存在自体が積み重なった歴史の終着点の一つ。

苛烈極まる戦乱の果て、生き残った一族の末な訳で、下手な龍や悪魔よりも遥《はる》かに恐ろしい存在です。

けれど、ハルからすれば可愛《かわい》い娘同然。

巣立って一部の面で自分を超していても……『刃』は向けられないんですよね。

そうするくらいなら、彼あっさり死ぬでしょうし。

親子喧嘩《げんか》の結末は本文をお楽しみに。


宣伝です。

『公女殿下の家庭教師』、先月最新九巻発売されました。『公女』→『辺境』と読むと、より面白いので是非。

『辺境』コミック第一巻も来月発売とのこと。レベッカ可愛いですよ！


お世話になった方々へ謝辞を。

担当編集様、今巻も御迷惑をおかけしました。

福《ふく》きつね先生、今巻もありがとうございました。次巻もよろしくお願い致します。

ここまで読んで下さった全ての読者様にめいっぱいの感謝を。

また、お会い出来るのを楽しみにしています。次巻、【大英雄】を継ぐ者、です。

七野りく

お便りはこちらまで

〒一〇二‐八一七七
ファンタジア文庫編集部気付
七野りく（様）宛
福きつね（様）宛

富士見ファンタジア文庫

辺《へん》境《きよう》都《と》市《し》の育《いく》成《せい》者《しや》4
星落《せいらく》の魔女《まじょ》

令和3年8月20日　初版発行
令和3年9月20日　再版発行

著者——七野《なの》りく

発行者——青柳昌行

発　行——株式会社KADOKAWA
〒102-8177
東京都千代田区富士見2-13-3
0570-002-301（ナビダイヤル）

印刷所——株式会社暁印刷

製本所——本間製本株式会社

ISBN978-4-04-074071-3 C0193 ◇◇◇

ティナ
四大公爵家の
ひとつ、ハワード家に
生まれた公女殿下。
なぜか誰でも扱える
程度の魔法すら使う
ことができない。
変えるはじめましょう
アレン
公爵令嬢ティナの
家庭教師を務める
ことになった青年。魔法
の知識・制御にかけては
他の追随を許さない
圧倒的な実力の
持ち主。
発売中!

最強不敗の神剣使い
The Invincible Undefeated Divine Sword Master
リヒト
名門貴族・エスターク家の“忌み子”。周囲から無能と蔑まれ、家門を追放されるが……その身には、絶対無双の“天賦の才”が宿されている
アリアローゼ
ラトクルス王国の王女。正体を隠して旅していたところ、流浪の旅へと出立したリヒトと出会う。その胸には、とある崇高な志が秘められている
Ryosuke Hata
羽田遼亮
ill.えいひ
シリーズ好

切り拓け！キミだけの王道
ファンタジア大賞
原稿募集中！
賞金
《大賞》300万円
《金賞》50万円
《銀賞》30万円
選考委員
細音啓 「キミと僕の最後の戦場、あるいは世界が始まる聖戦」
橘公司 「デート・ア・ライブ」
羊太郎 「ロクでなし魔術講師と禁忌教典《アカシックレコード》」
ファンタジア文庫編集長
前期締切 8月末日
後期締切 2月末日
公式サイトはこちら！ https://www.fantasiataisho.com/
イラスト／つなこ、猫鍋蒼、三嶋くろね